稲と太陽と一生懸命！

オク&トノ凸凹夫婦の物語

著：赤井久美子
赤井奉久

誠文堂新光社

はじめに

この物語は、一組の夫婦が夫（トノ）の定年退職で「第二の人生」を迎えるところから始まります。それはその妻（オク）が、自分たち夫婦の日常をユーモアたっぷりに描くブログ「団塊夫婦のオク＆トノ日記」を開設した時期でもあったのです。

普通に人を愛して結婚し、夫を支え、子どもを育て、親を看取る。それが「あたりまえ」とされていた女性が、その役割を受け入れながらも能力を発揮して社会で活躍していくこと、それがオクの夢であり理想の生きざまでもありました。

オクは子育てのために10年のブランクを挟んで社会に出ていったのですが、最初はパートのライターでした。そこから生活情報紙の編集長を任されるようになるまでの努力は並大抵ではなく、「あたりまえ」の役割をこなしながら、その道のりの途中では最初の大病も乗り越えています。

退職で仕事から解放されたトノが、家事を引き受けてくれることになったとき、オクはこれからが飛躍のときと喜び勇んだはずです。

その気持ちの昂《たかぶ》りが「オク＆トノ日記」のブログを生んだのだと思います。

しかしそれも１年余りで壁にぶつかります。進行したがんに襲われたのです。療養に努めながらも、生き急ぐかのようにオクのエネルギーは衰えませんでした。女性が主婦のハンデを乗り越えて社会で活躍するためにと、自分ができるライター育成の仕事や社会活動に精一杯の力を注いだのです。

やがてがんが転移してオクは終末を迎えます。しかし病気が重篤化していることは、ごく近親を除き最後まで明かさず、ブログからユーモアが消えることはありませんでした。

実はトノがオクのブログの存在を知ったのはオクが逝ってからだったのです。

この物語はオクのブログで幕が開き、途中からトノや息子（ワカ１、ワカ２）たちのエッセイが加わる形で展開していきます。終盤は、悲嘆からうつに陥ったトノが、立ち直ろうともがくさまを、泣き笑いのエッセイでつづっています。

夫婦に訪れる伴侶の死と孤独化は、今後団塊世代層に大津波となってやってきます。オクとトノの一組の夫婦のあり方が、夫婦の第二の人生をより深く考えるきっかけとなり、やがて訪れる事態にも、気持ちの元気を失うことなく立ち向かう力を生むことに、お役に立てれば幸いです。

目 次

登場人物紹介

オク

都内の女子高、大学を卒業して就職したあと、同世代のトノと結婚し、出産で退職して2人の息子（ワカ1、ワカ2）をもうける。

30代半ばでパートのライターとして再び働き始め、その後生活情報紙やサイト誌の編集長を経て、ライター育成スクールの仕事に打ち込んでいる。

歴史ある女性投稿誌の編集長も務め、女性の社会進出をめざした活動にも積極的である。

夫婦の日常を扱ったユーモアあふれるブログにはファンが多い。

トノ

地方の貧しい農家に生まれて東京の大学に進学、英会話スクールでオクと出会う。

大手会社で忙しくもそれなりに充実したサラリーマン生活を送って退職したあと、仕事に活動にと頑張るオクを支えようと家事の世界に足を踏み入れた。

同時に、仕事で培った知識やノウハウを活かすために、退職仲間たちと趣味まじりで会社を立ち上げた。

ちょっとズレていてドジでもあるが何事も一生懸命、大の「さだまさし」ファンでもある。

ワカ1　アラサー超えの、無口でマイペースなプログラマー。独身でオク＆トノと同居している。

ワカ2　口八丁手八丁のアラサー新聞記者。同窓生のヨメと学生結婚してマゴ1(長男)がいる。ほどなくマゴ2(次男）も誕生する。

プロローグ

〜トノ、会社人生総決算〜

いよいよ今日で37年間のサラリーマン生活にピリオドを打つトノ。
最後の挨拶文がプリンターに残っていたので読んじゃった。
ジーンときたな。
でもやりたいことを十分やって、幸せな会社員人生だったろう。
今日は定石どおり花束もらって退社。

シッカシ… 今夜はさだまさしファンクラブのコンサート。
花束抱えて行ったら誤解されるよなぁ。
出演者へのプレゼントは受付で渡すことになっているから、
客席に持ち込んだらかなり怪しい…。

退職のセレモニーもそこそこに、トノは花束を引ったくるようにして退社。なんとか東京駅のロッカーに預けて、コンサート会場の東京国際フォーラムへ。
帰っちゃったあと親会社の社長さんが来てくださったらしい。
トノにしてみれば社長さんよりさださんか。

さあ、新ステージへのスタートが今始まった！
どんな、面白い展開になるか… ワクワク！

（2007年6月29日　オクのブログより）

第1章

第二の人生開幕、
トノは家事ヤル気満々

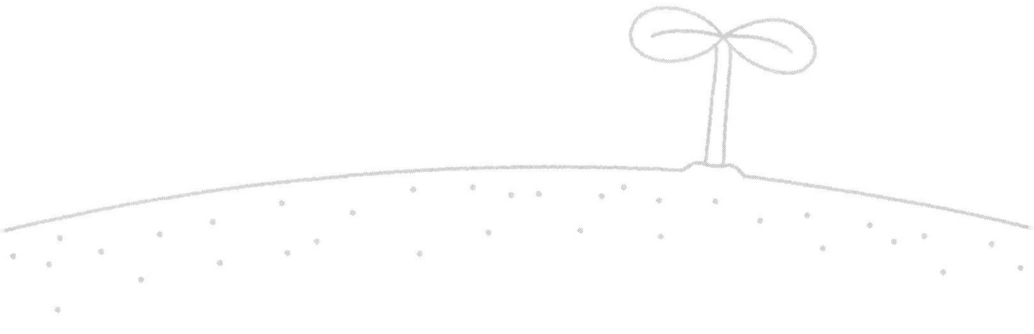

（2007年6月〜2007年12月 by オク）

1。トノの主夫ぐらし始まる！

トノは退職したらオクを支えようと決めていた。

かつて家庭を顧みなかった贖罪《しょくざい》もあるが、オクの能力を知り、
それを世に活かさないのはもったいないと思ったからだ。
夕食まで作りおいて仕事に出かけるオクの健気さにほだされてもいた。
トノはもう十分やった。
これからはオクの番だ！

トノは意気がって家事に挑戦。初めてやるわけではない。
オクが最初の大病を患った数年前から少しは手伝ってきた。
それで自信もちょっとはあったのだ。

しかしまともに家事をやり始めると、これがチト手ごわい。
トノ得意の創意工夫と改善もことごとく空回り。
オクはそんな様子をブログにつづっていた。

はてさて…

家事スタート、ああ！

特に話し合ったわけではないけれど、定年を機に「主夫」生活をスタートしたトノ。せっせと家事をしてくれる。

で…

食器がかなり欠けた。とにかく扱いが乱暴。
焦げ付きを作った鍋多数。火加減つうものを知らんのか…。
シンクとガスレンジが汚れ放題。
ここをきれいにするという発想そのものがない？
まな板も汚れ放題。ああ…。

でも多くは望むまい。助かっているといえば助かっている。
だけど私が専業主婦だったら我慢できずに家事させなかったろうな。

今日は一日シンク＆レンジ磨きと鍋磨き。

カップボードは無法地帯…

ガッチャン！

あ、また割った…。
見たら、中国で買ってきた茶器。（あぁー高かったのに…。
はい、隠さなかった私が悪かった…）

トノが家事するようになって、食器の置場所もすっかり変わって
しまった。
なーんにも考えずに、空いているところにしまうから。
かくしてカップボードは無法地帯と化し…無理やり押し込んだ弾みに
何かが押し出されて、ガシャン！となるワケ。
皿も大きさを無視して重ねるから崩れやすい…。

でも今のところ、やってもらったほうがメリットが大きいから、
我慢、我慢。

あのぉみ、水が…

トノ洗濯をする。

洗濯機が止まって、干そうとしたトノ、
「あれ？　洗濯物が濡れてない…。
あれ？　白い粉がついてる…」
さすがに何か変だと思ったらしくオクを呼ぶ。

あのねぇ、水道の蛇口開けてないでしょうが…。
白い粉って石鹸だろうが…。

は、はぁん、
今までも洗濯が終わって水道の栓を閉めたことなかったのね。

ま、オクも閉めたり閉めなかったりといい加減ではある。
いつもキチンと閉めているのは意外なことにワカ１だ。

掃除ってヤツは…

炊事洗濯もかなりやるようになったトノ。
だけど彼の辞書には「掃除」という言葉はないらしい。

ということもあり、オクは汚れ放題だった床を拭き掃除。
「言ってくれれば俺がやるのに。ボリボリ」
（と言いながら、拭いたところに煎餅のカス落とすのやめてくれないかなぁ～）
「なら、クロスを拭いてよ」
「汚れが拡散するだけだよ。意味ないよ」（なら、やるなんて言わんでよ！）

でも、拭き方を伝授したら、トノもやる気になって拭き始めた。
まあ、結構きれいになった。
「ふーん、こうするんだ」（って今までやったことないってことよね）

で、「もう遅いからやめよう」ってさっさと打ち切り…。

今度はミカンを食べながら歩いたらしく、拭いたばかりの床にミカンの皮が。しかも踏んづけている…。
ケンカ売ってる？

定年夫の必須科目

「ただいま」オクご帰還。
「おー。今日は会心のデキだった！」とトノ。
何がって肉じゃが＆味噌汁。

今のところトノのレパートリーは、そのほかには、すき焼き、
ゴーヤチャンプル、冷しゃぶ。
味噌を溶いてから野菜を煮ようとしたし、すき焼きの白滝を（包丁を
入れずに）そのまま入れちゃった。
ゴーヤチャンプルの豆腐の水切りもしなかった。

とまあいろいろあったけど、料理を楽しんでいるのはヨシ、ヨシ。
電気製品買ってもマニュアル読まないヤツだから、レシピ読む気は
しないらしいけど。

味噌汁にハ、ハムですか…

遅く帰って、残っていた味噌汁を飲んでみたら何かヘン…。
大根に油揚げはいいとして、キャッ！ なんとハムだ！

いくらなんでもヘンじゃないかと言ったら、
トノは「うまかったぞ」→ だから味音痴なんだってば。
「おまえは既成概念に捉われすぎだよ」→ いや、そういう問題じゃなくて…。
せっかくおいしい味噌なのに、味噌汁好きなのに、食欲まで失せてしまった。

ポテト攻撃はやめてね！

「これって、どうやって作るの？」とトノ。
ポテトサラダのことだ。
「それはね。じゃがいもをゆでて…」とオクが説明をはじめると、
「ヤバ！　作られちゃうよ」と警戒するワカ1。

作るのはいいんだけど…毎日作らないでね。
大量に作らないでね。
バリエーションはほどほどにね。
おっと、もうひとつ、肉じゃがと一緒に出すのはやめようね。

ワカ１がうまそうに食べてくれたからって、冷しゃぶを３日も続けたでしょ！
作りすぎたゴーヤチャンプル、冷蔵庫に入っているのに、また新たに作ったでしょ！
肉じゃがにマイタケとゴーヤ、入れたでしょ！

おじやにお麸かい

ここ数日、おじや（雑炊）がトノのマイブーム。
夏なのに？　胃が弱っているわけでもないのに？
冷やご飯が残っているわけでもないのに？

何かに凝ったら連日作るのもトノ流。
昨日は、ダシをとったまま引き揚げなかった煮干しに睨《にら》まれてギョッ！

今日は煮干しは不在だったけど――
お麸を入れるか、フツー…。
ピーマンも入れないだろうが、フツー…。
茄子《なす》入りというのもなぁ。
飽くなき探求心で試行しているげな…。

明日はトマトか？

調味料事件その１　「あのぉ〜それは“かえし”なんだけど…」

おひたしに醤油をかけたら、なんだか甘い。
もしかして…とトノに確認したら案の定、醤油と間違えて“かえし”を醤油差しに入れたらしい。

「だって、醤油そっくりだったもん」と言い訳するトノ。
「でもさ、作った日付がマジックで書いてあったでしょ？
変だと思わなかった？」
味付けだって変になるからおかしいと思うんじゃないかなぁ。

そもそも“かえし”というものの存在そのものを知らないんだから仕方ないか…。

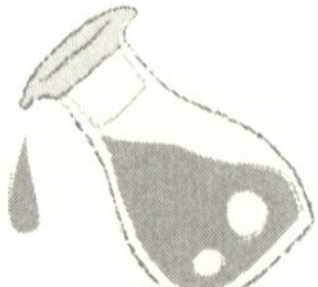

調味料事件その２　オイスターソース

あれ？

買ったばかりのオイスターソースに使った形跡が…。

「ああ、それ開けちゃったよ。吐きそうになった」

「え？」

聞いたら、トノは普通のソースと間違えて刻みキャベツにジャブジャブかけちゃったみたいだ。

「なんでぇ～？　オイスターって書いてあるでしょ？」

「ブルドックと同じでメーカー名だと思った」

「……（絶句）、だって普通のソースにしては、容器が小さいじゃない」

「焼きそばにって書いてあるし」

「野菜炒めに、チャーハンに、とも書いてあるでしょ？」

「焼きそばっていえば、ソース焼きそばだろ？」

「……（ううむ。知らないということは恐ろしい）。

そもそも、使いかけのソースがあったのに」

「ないと思ったんだよ。探してはみたんだけど」

ピカピカの冷蔵庫！

冷蔵庫を買い替えた。

わが家での前の冷蔵庫は超長寿だった。
な、なんとワカ2が生まれる前から使っていたから29年も！
みんなに、省エネしてないとか、そのうち火を噴くだの言われていたけど、壊れないので使い続けていたのだ。
しかしついに買い替えることにした。

おお！
テレビでCMを流している家電がわが家にあるのは何年ぶりだろう。
やっぱり新製品は高性能！　使い勝手もいい！
トノはよく冷蔵庫のドアを開けっ放しのまま作業する。
今度の冷蔵庫の良いところのひとつは、そうした場合、ピピピ…とドアが開いていることを知らせてくれることだ。

「冷蔵庫が新しくなると料理も楽しくなるなぁ〜」とトノもご満悦の様子。（でしょ？　だから早く買い替えようって言ってたのに…）

フードプロセッサーねぇ…

トノがフードプロセッサーを欲しいという。
最初は面白がって使っても、結局は３人分くらいなら千切りにしろ、みじん切りにしろ、手でやったほうが簡単ってことになるんだけどなぁ〜。

ま、オクも一度は買ったから言えることなんだけど…。
料理初心者が一度は通る道かしらん。
オクが賛成しなかったので ―― トノはスライサーを買ってきた。
うん。それくらいならいいかも。

非可逆反応

せっかちトノが、またやらかしました。
寒天を早く冷やそうと、冷凍庫に入れてしまったのだ。

一瞬だったというが、凍った…。
解かせばいいかと思ったというが…氷じゃないんだからさ。

2. トノの新会社スタート

トノには会社時代の同僚が大勢いる。

「航空」にかけては知識もノウハウも豊富だ。
退職でこれを朽ちさせるのはあまりにもったいない。
なんとかそれを活かしたい、
ダメ元でいいからやってみよう。
オクの応援もあった。

退職時には７名の同志が集まっていた。
各分野の実務のつわものばかり。
現役時代には望んでもできなかったメンバー構成だ。
それで新会社を立ち上げた。

「あまりお金はかけない、もうちょっとだけ頑張る」が
スローガンだ。

ジョークか！

いやぁびっくり！

トノが大風呂敷広げたからか、いきなり開業祝いの花が届いた！
まだ会社登記もしてないのに…
励まし？　ジョーク？

トノが、これまでのノウハウを活かして、退職仲間たちと一緒に
会社（研究所）を作ると吹いていたものだから、知り合いが
送ってくれたもの。
道楽でもなんでも、こうなったらやるっきゃない？

今日は大安。
日が良いからって新会社の登記申請。
何事も経験だからって、トノはプロを頼らず自力で手続き。
印紙代だけでもかなりかかったらしい。

いきなり試練が

帰ったら、トノがげんなりしている。
ことの始まりはファクス専用に回線を増やしたこと。
今どきは電話屋さんが来てくれず、先に機械が送られてきて、
あとで電話で指示されながらつなぐんだと。

やっと電話はつながったものの、パソコンのLANがおかしくなって
プリンターが動かなくなったらしい。
これが今までの会社だとシステム担当呼んで任せればいいんだけど、
個人企業だとそうはいかない。
自力でなんとかするっきゃない…。

人脈は財産よ！

ＩＴ系ブレインは絶対必要だから、オクの知り合いにコンサルを依頼
することになった。
団塊の早期退職組で、元は大手パソコンメーカーの開発をしていた
エンジニア。
安いお友達料金だし、バイクで来れる距離に住んでいる。
どう？ オクの人脈もなかなか役立つでしょ？

はい。
家事は最低限でもヨシとしてくれたからよね。
土曜日曜も自由に動き回らせてくれたからよね。
「くれた」という言い方、納得できないけどね。

ああ、コピー

トノは新会社の第１回会議の準備に追われている。
なかでも資料の準備が大変！
枚数が多いのでコンビニのコピー機ではまずかろうと市の施設を紹介してあげた。

まず生涯学習センターへ。
そこで縮小して原紙を作ったけど、紙送り機能が付いてなかったので文化センターへ。ところがすぐに紙切れ。
ドンクサイ職員が補給してくれたが、今度はトナーがなくなり…
お次は市民プラザへ。

半日がかりに半ベソ状態。お疲れさま！

なんでだ！ゆで卵！！

トノの会議の準備その２。
会場は市民プラザの会議室。
飲み物くらい用意したい、とトノ。

「ペットボトルと紙コップを用意しよう」←いいんじゃない。
「ちょっとした食べ物もあったほうがいいかもな」←いいんじゃない。

「ゆで卵を作ろう！」←ええっー！ な、なんでゆで卵なんだ！
「うまいよ。俺、食べたい」←そ、そういうことじゃなく…
この暑さで、昼食はたいてい済ませたあとの 13:30 集合で？？
「そうかなあ。じゃあチーズだ」←あのねえ、のど越しの悪いタンパク質系はやめようよ。

が、結局チーズを出したみたい。

お世話になっています…

「いやあ、まいったよ。びっくりした」とトノ。

いよいよ正式な会社案内を作ることになったというので、
出入りの印刷会社を紹介してあげたのだ。

行ってみたら、予想外に立派な会社でまず驚いたらしいが、
役員室に通されて…専務さんに応対された。
トノは新会社の将来性がそんなに期待されているのかと半信半疑！

そしたら、
「△△社の◎◎さん（オクのこと）には大変お世話になっています」
と挨拶されたらしい。
ははは！　それはトノにとったらちょっとしたショックだったろう。
世の奥さんは、ほとんどそういう挨拶のされ方してるんだけどね。

そのうち、▽▽社の○○くんのお父さまです、とかって紹介される
かもよ。

社封筒

名刺は印刷屋にデータを送ったら、翌々日には刷り上がって届いたのに、封筒は時間がかかった。
１週間以上かかって、やっと届く。

わぁ〜い！　社封筒だ。社封筒だ。
うすい水色で、デザインは知人のデザイナーに頼んだのでちょっとシャレている。
これで、なんだか、本当の会社らしくなった（いや、そもそも本当の会社ではあるのだけど）。

あ！誤植発見！！
でも、トノは実利本位のヤツだから、気にしない。
たしかに、それで郵便が届かなくなるっていうミスではないんだけど…。オクは職業柄気になる…。

ま、しゃちょうが気にしないって言ってんだからいいか。

さだまさしと吉永小百合と…

大残業になって、帰宅したのが零時前。

待ち構えていたトノが、遅い夕食をとっていたオクをリフォーム中の事務所部屋へ誘う…。
ワカ２が出て行って物置のようになっていた部屋を新会社の事務所として使うようにしたのだ。
マンションの隣室でまさに職住密着。

「よくなったろ」ってかなり得意気。
見れば、空いている壁に、絵やらカレンダーやらがいっぱい。
う、うーん、ゴチャゴチャでは…。
「殺風景だったからさ」（すっきりしていたとも言うのでは…）

少なくとも、カレンダー三つはやめようよ…。
飛行機はいいとして、さださんと吉永小百合さんまでねえ…。

で、でも、ハイテンションではしゃいでいるときは、何を言っても耳には入らない。←あ・き・ら・め。

それはないぜよ

「え！」「なんでだよ」
「ウソだろ」「勘弁してよ」
「くそっ！」
何かに登録しようとしてうまくいかないトノ。

しばらく無視していたけど、どんどんイライラ度がアップしてきたので、「どうしたの？」って声かける。
パソコンってヤツは一度ひっかかるとなかなかうまくいかないから、
オクのパソコンに転送するように言って、再トライ…
やった！クリア！

しばらくして、
「オイ、明日会社だろ？　もっと早く寝るようにしろよ」だって！

トラブルにつきあってあげたからなのに…。
クリアしてあげたのに…。
入浴の順番譲ってあげたのに…。

35年もつきあっているとね

オクが帰宅するとトノは開口一番「おお、帰るの待っていたよ」
（珍しいこともあるもんだ）
「写真撮って、データアップしてほしいものがあるんだよ」
（はは～ん。待っていたのは私じゃなくてデジカメね）
「もうシャッター押せばいいようにセットしてあるから」
（ちょ、ちょっと待ってくれないかなぁ～。着替えくらいさせてよ）

でも、待ったなしがトノの流儀。
ここで争う気もしないので、着替えもせず、水の１杯も飲まず撮影。
カードリーダーで読み込んで、データアップ。
これで、お役ごめんになり、着替えて一服…。

と、そこへやってきたトノ、
なんでその画像の処理を急いでいたかをとうとうと…
（しばらくでいいから一人にさせてくれないかなぁ～）
でも、どうにも止まらないことがわかっているのでそのまま
しゃべらせておいた。
これも結婚35年だからこそ（？）

3. 夫婦も第二ステージへ

トノは自宅にいる時間が多くなった。
家事をしては自宅事務所で研究に励む。

オクはますます仕事と社会活動に精を出すようになった。
帰宅の遅いオクとそれを待つトノ、
二人の時間は入れ替わった。

普段二人でゆっくりできる時間は乏しい。
オクの仕事をぬっては旅行やコンサートに出かける。
それが夫婦水入らずの時間となった。

忘年会〜定年後の夫で盛り上がる！

昨晩、女性ばかり６人で大いにしゃべる。
そのうち４人のダンナはすでに定年とあって…。
「毎日、家にいるのよねぇ〜」
「たまには出て行ってくれるといいのに。
家で一人で過ごしたいものだわ」
「私が用事で出て行くときに限って、ダンナも出かけるんだから」
などなど盛り上がる盛り上がる。

なかでもおかしくも共感したのが、
「テレビで定年後の夫がうっとうしい、という番組をやっていたんだけど、それを一緒に見ていた夫はウチはそんなことないよなぁって言うのよ。いえいえ、十分うっとうしいって言ったんだけど冗談にとって本気にしないの」
「確かにそんなにうるさいダンナってわけじゃないんだけど。
私も結構好きなことしているし……」
「でも、いるだけでうっとうしいのよね。存在そのものがねぇ」という人もいて、一同共感！

その話をトノにしてみたら…結構面白がっていたけど、自分もうっとうしいとは全く思っていないみたいだ…。
やっぱりね！

トノ話しかける

オク帰る。

トノ話しかける。話しかける。話しかける…。

オク着替える。

トノ話しかける。話しかける。話しかける…。

オク遅い夕食。

トノ話しかける。話しかける。話しかける…。

オク風呂に入る。

トノ風呂の前に立って、話しかける。話しかける。話しかける…。

2歳の孫と一緒じゃん！ トイレにまでつきまといそう…。

お願いだから30分でいいから話しかけないでくれない？
って世間では夫が言うセリフか…。

どーにも止まらない…

「それはね、あーだこーだあーだ」
「というのは、あーだこーだこーだ」
「だから、こーだあーだあーだ」

（し、しまった！）
不用意にトノの得意分野の話をふってしまったから、
もうどーにも止まらない…。
お風呂に入りたいのに、早く寝たいのに…。

自宅でほとんど一人で“仕事”をしていると、何が不足するって
おしゃべり。帰宅した夫をつかまえて妻のおしゃべりが延々続くって
いうパターンの逆。

つまり、延々しゃべるのは妻だからじゃない。
女だからじゃない。
証明してやった！！

ケータイなんだから

テレビを見ていた。
そこへ電話。トノのケータイに。

電話に出たトノ、そのまま大声で話すからテレビの音が聞こえん。
仕方なくテレビの近くに移動したけど、話は延々続いて、やっぱり
よく聞こえん。

オクがテレビを見ることってほとんどないのに、たまに見ていると
これだ。それにしても、なんでほかの場所に行かないンだ。
気がきかないというか、なんというか…。

やっと電話を終えたトノの言うことにゃ、
「電話してんだから、テレビのボリューム落としてくれよ。ったく」
はあ〜〜？？？　あのさぁ、
固定電話だったら、テレビのボリューム落とすわよ、そりゃあ。
だけど、ケータイなんだからさ、自分が動けばいいだけじゃないの！

自分が動く、という発想がハナからなかったらしい…。
あ・り・え・な・いぃぃぃ！

メンドクサイ病で大損?!

うっかりダウンロードした有料ソフト…。
毎月300円ずつ引き落とされている。
全く使ってないのに、気にはなっているのに、解約したいのに、
ずっと放っておいた。

だって面倒なんだもん。
だって300円くらいだもん。
だって引き落とされているのはトノの口座からだもん…。

が、ついにトノが気付いた！
年金生活者になって、お金の出入りに敏感になっているから。
で、オクもすっかり忘れていたその会社を突き止め、解約に成功！

メンドクサイ病でどれくらい損したんだろう。
これじゃ金が貯まらないはずだ。

どんぶり夫婦が定年になると…

ずっと、どんぶり勘定でやってきた。
家のローンや、光熱費、税金類などの引き落としはトノの口座から。
日常の買い物はオクの財布から。
子どもが学校に行っていたときも、授業料はトノ、塾の費用はオク、
となんとなくすみ分けてきた。

が、昨年トノが定年になり…日常の買い物もかなりトノの財布から
出るようになったのだ。

ある日、気付かれた。どんどん貯金残高が減っていくことに。
で、それまでいい加減だったカードの引き落とし額にも気を配る
ようになって、オクが使ったものは請求してくるようになった。

ま、それはいいんだけど。
でもさぁ〜、なにも印鑑の押してある本格的な請求書出さなくても
いいんじゃないの？
１円単位まで細かく請求しなくたっていいんじゃないの？
（トノは会社の請求書と一緒に処理するのだと言うんだけれど…）

お祝いだぁ～！

突然の転勤で忙しかったワカ２が、遅ればせながらオクの還暦祝いをしてくれるということで二人を招待してくれた。

で、

昨日…トノが「明日持っていくお祝い、用意した？」と聞いてきた。

「…？？　用意？　何のお祝い？」

「よくわかんないけど、ワカ２がお祝いに呼んでくれるんだろ？」

「あ、あのぉ～私のお祝いなんですけど。

私の還暦のお祝いをしてくれるって言っているんですけど」

(ったく…)

そりゃあないよ！　あんまりだ！

え一、昨日はトノの誕生日だったわけです。
で、朝、誕生日プレゼントを渡したのであります。
「ナニ？」と聞くから、「着るもの」と言ったら、「…（無言）」。
で、袋も開けずに放り出す（というように見えた）。
いくら着るものに興味ないからって…とは思ったものの、
トノも仕事がある日だし、お互い朝は忙しい。

帰ってきたら…なんとプレゼントは朝のまま。
いくらなんでもあんまりだ！と断固抗議！！
トノは、帰宅してからどんなにいろいろ家事をしたか、
忙しかったかを語る、語る。
でも、そういうことじゃないんじゃない？？

分が悪いと見て、話題を変えるトノ。
某大学での講義はうまくいったと、語る、語る。
あのさぁ～なんていうかさぁ～失礼だよね。
贈り物されたら開けてみて喜んでみせるのが礼儀じゃない？

「…俺って人づきあい不器用だから」
いえいえ、妻づきあいが不器用なんだよね。
ったく！　こういうところがキモなのに。

スネ男になる…

トノ早く寝る。しこうして早く目覚める…。
それはいいのだけど、朝、バタンバタンされるとこっちはまだ寝ていたいのに目が覚めてしまう。

夕べは珍しくアレコレ考えてしまいなかなか寝付かれなかったオク。
そんなときに限ってトノは早起き…。そして、バタンバタン。

ちょっと文句言ったら、
「そうか…俺の存在そのものがうっとうしいのか」とか言ってすねる。

怒ると逆切れするし、文句言うとすねるしさ。
まったく男ってやっかいだわ。

マイペースはどっち？

トノ、さだまさしコンサートの DVD を見始める。

おお、チャンス！とばかりオクはパソコンルームへ。
しばらく静かにパソコンに向かえるわ。
パソコンルームでは２台のデスクトップが並んでいるのだけど、
トノが隣にいるとにかくうるさいのだ。

平和な時がしばらく流れて、DVD を見終わったトノがやってきた。
「よかったぞ。せっかくおまえと一緒に見ようと思ったのに」
「ごめん、私は今忙しいのよ」
「おまえはマイペースだからなぁ。ああ俺は優しさに飢えているよ」

はあ？　マイペースはどっち？？

「あのさあ、私が顔洗っていようが歯を磨いていようがテレビを見て
いようがおかまいなしに話しかけてくるじゃん？
私は、顔洗っていようが歯を磨いていようが、ドラマが最高潮に達して
いようが中断して話聞いているよね？　どっちがマイペースよ？
私ってかーなり優しいと思うけど」
「……オレ、風呂入るわ」
ふっ！　勝ったね！

なんで聞く？

来月、さださん追っかけて盛岡のコンサートに行くことに。

「ついでに観光するなら、どこに行きたい？」とトノが聞くから、
「浄土が浜とか竜泉洞とかいいらしいよ」と言うと、
「ふーん」←乗り気うす。

数日後…
「今度、どこへ行こうか」
「浄土が浜」→何度も言ってるんですけど。

そして昨日…
「花巻と平泉にしよう！」と勝手に決め込むトノ。
「…（はあ？　最初からそのつもりなんだろうが。
だったら聞くなよ）」
「おまえは行ったことあるの？」
「うん。ずいぶん前だけど」
「やっぱり花巻に泊まるか…」←オクの答えなんか全然聞いてない。

コンサートは真剣勝負！

コンサートでトノは、神経を研ぎ澄まして第一音を待つ。
イントロで何の曲かわからないとさださんのファンとしては「もぐり」なんだそうだ。最初の音だけでわかる曲もあるという。

帰宅してからは、パソコンを駆使してその日のメニューそっくりのCDを作る。
サーバーにはほとんど全部のアルバムとトーク集が入っているのだ。
それが済んでコンサートがようやく完結。
要するにほとんど「ヘンタイ」なのだ。

オクはそこまでつきあいきれないので、会場でのんびり曲とトークを楽しんでいるだけ。

参加、とにかく参加

花巻の鉛温泉では鹿踊りを見た。

引き続きのアトラクションで、トノは盆踊りに参加。
超定番の炭鉱節。でも、トノは知らない。
それでも参加。とにかく参加。

ダーツにも参加。
やったことないのに参加。とにかく参加。
矢の握り方から教わって、お試しのときはすべて当てていたのに
本番になったら外す、外す。
ムキになって当てようとするんだもん。
無欲ってことができないらしい。

第2章

毎日が新鮮な驚きと発見の連続

(2008年1月～2008年7月 by オク)

1。主夫ぐらし、パワーアップ！

トノの家事も少しは板につき、
自分ではひとかどの主夫になったつもりでいる。

それがオクのストレスを生んでいるとも、
やり方がハチャメチャとも思っていない。
むしろ模範亭主ぶりの自分に酔っているくらいだ。

ミョウチキリンな料理は依然続き、
変な家事もパワーアップした。

おかげでオクのブログのネタは尽きない…。

家事ってやつは

トノが家事の手を休めておもむろにつぶやく。
「俺って本当によく働くなぁ〜。もくもくと」
（あのぉ…それだけしゃべっていたら“黙々”じゃないんじゃない？）

「家事って際限がないんだよ」（はあ？　私にそれを言う？）
「先刻承知之介だけど（35年やってきたんだから）」
「もう忘れたかと思ってさ」

ううむ。これは家事に慣れてきて、余裕が出てきたからなのか…。
新しい家事を覚える間は面白かったけど、慣れて繰り返しになり、
むなしさに気付いた？
興味をつなぎとめて機嫌よくやってもらうためにはどうしたものか…。

きめ細やかな心遣いって…

トノが突然頓珍漢なことを言い出した。

「俺、なんだかこのごろ女性っぽくなったような気がするんだ」
「…？？　な、なんで？？」
「きめ細やかな心遣いっていうか ―― それができるようになったから」
「…？？　例えば？」
「トイレのペーパーを切らさないようにしているとかさ」
「はあ？？　そ、それだけで？？」

きめ細やかな心遣い＝女性っぽいっていうのも？？？だけど、
きめ細やかだっていうのがトイレットペーパーのことだけって…。
ここで議論しても仕方ないから勘違いさせておくか。

一家に一人、主婦か主夫

いつも家に誰かがいるって、いやあ便利！
宅配便は受け取れるし、クリーニングは出せるし受け取れる…。

母からメールで眼鏡が壊れかけているとのこと。
今までだと週末まで我慢してもらうしかなかったのだけど、
そう！今はトノがいる！
メールで頼んだら午後には母のところへ行ってくれ、眼鏡店へ
走ってくれた。
市役所や銀行にも行ってもらえるし、マンションの点検にも
立ち会ってもらえる…。いやあ便利！

だけど一家に一人、昼間拘束されていない人がいるのを前提にして
いるみたいな世の中は、やっぱりヘン！

家事の流儀

あああぁぁぁぁ……ストレスだぁぁぁぁぁ！
家事って、その人、その人の流儀がある。
食器の洗い方、しまい方、洗濯物の干し方、掃除の手順…。

Tシャツ類は、ほとんど型くずれした…。
タンスの中は、しりめつれつ…。

自分の流儀以外のやり方でされるとストレスになるのはなぜ？
どうってことないと思うのだけど、そう思うようにするのだけど、
なぜか神経が逆なでされる…。
家事をしてくれることはありがたいことなんだけど、
流儀の違いにイラつく。

お願いだから、スポンジは絞ってよ。
シンクに置きっぱなしはやめてぇぇぇぇぇ！
洗濯物を干すときに、まだ濡れている衣類を畳の上に直に置いてから
干すのはやめてぇぇぇぇぇぇぇ！
煮物のだしを煮干でとるのはやめてぇぇぇぇぇぇぇぇぇぇぇ！

これだから嫁・姑の同居はうまくいかないよね。
同居していた友人が、姑の布巾の干し方が我慢できないと言ったのも
よくわかるわ。

男性の1/3が「専業主夫」志願？

今朝、テレビをぼんやり見ていたら、「専業主夫」になりたい男性は３人に１人。ゲストの女性に「甘い！」って突っ込まれていた…。
専業主婦の実態なんて全然わかっていない男ほど、仕事しなくていいから、金稼がなくていいから、って思うのよね。

既婚男性に聞いたというアンケートで「家事をやっている…89%」。
これも「ごみ出しだけじゃないの」って突っ込まれていたけど…。
「家事に費やしている時間…約50分」。
ごみ出しだけじゃ50分にはならないなぁ〜。せいぜい食器洗いか。

そして「妻の家事能力を夫が評価すると…75点」、
反対に「夫の家事能力を妻が評価すると…42点」。
ま、そんなものかな。

共働きなら仕方ないけど、専業主婦なのに夫に家事をやらせる嫁へのわれわれ姑年代からの不満も話題になっているけれど。
さてさて家事ってやつは…。

家事…究極の選択とは？

ふと気が付くと…洗濯物、テンコモリ、流しには食器があふれ…。
そうか、一昨日からトノは法事でお里帰り。
やり手がいなくなったので、必然的に家事が滞っているわけだ。

習慣って恐ろしい。
数カ月で、家事をするという習慣がすっこり抜けてしまっていたとは…。仕方ないから食器は洗う。
洗濯物は…今日帰ってくるトノにまかそ！

井戸端会議での究極の選択…
家事をやってくれる夫がいるのと、一人でいるの、どっちが楽？
いくらやってくれる夫でも、すべて自分がやらなきゃならなくても、
やっぱり一人のほうが楽そう？

ぎょえ〜〜〜！　た、卵が…

オク帰宅。
今日はおでんらしい。トノが作った。

で、お鍋のふたをとったら…な、なんと卵が殻付きのままゴロン！
あ、ありえないでしょう…。
「ふ、ふつうゆで卵にして入れるんだけど」と言ってもトノは
気にしない。
「卵ゆでることを忘れていて、もうお鍋で煮込み始めたからさぁ。
ちゃんと食べられるよ」
そ、そりゃあ食べられるでしょうけど。殻をむくのに手がベトベトに。

当然、むいた卵には全然味がしみてない…。
やることが大胆というか無神経というか。

午前5時のスイートポテト

キッチンから音がする。カチッ カチッ カチッ …
トノが何やらしている。
ああ、スイートポテトか…。
昨日ふかして残ったポテトで作っているんだ、この匂いはそうだ。

しっかし、5時だぞ！
オクは今日大事なプレゼンがあるのに…、
万全な体調で臨みたいのに…。
一応、気を遣っているらしく、ひそやかな音。
が、それだけに気になる。
なんであと2時間が待てんのよ…ああ！

食べ終わったトノが仕事部屋に行っちゃってオクは少しウトウト。
で、オクが起き出すときには、トノは隣でぐっすり寝ている…。
クソッ！　鼻つまんだろか！！

トノサマの冷やし中華

トノは満足げに「うんまい！　すんごくうまーい！
俺も腕を上げたもんだ！！」と言う。

あのぉ…即席の冷やし中華なんだから、
誰が作ってもほぼ同じ味になるんですけどぉ…。
「手際もよくなったもんだ。20分もかからなかった！」
はいはい。なにしろ即席ですから…。

夫の家事参加は褒めてやる気を煽るのが鉄則と、誰もが言う。
でもさぁ～
コチラが何か言う間もなく自画自賛の雨あられだとねぇ…。

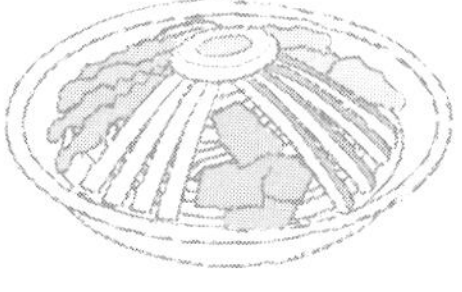

熱いものは熱いうち、冷たいものは冷たいうちに

食というものにあまり興味がないからか、
トノの習性のうち理解不可能なものがこれ。
熱いものは熱いうちに食べようという気がない。
冷たいものは冷たいうちに食べようという気がない。

例えば朝。
トーストが焼き上がったところでシャワーを浴びにいく。
当然、シャワーから出てきたら、トーストは冷めているんだけど
気にしない。

そして晩。
ご飯と味噌汁をよそった時点で誰かに電話する。
思い付いたらすぐ実行に移さないと忘れてしまう年寄りの習性から？
うんにゃ、若いときからそうだった。
うーん、わからん。35年経ってもわからん。

とうもろこし&コーンの謎

お通夜に出ていつもより遅く帰宅したら、テーブルの上に蒸した
とうもろこし2本と缶詰のコーンの残りがあった。
なんでだ？？？
余るとうもろこしがあるくらいなら缶詰開けなきゃいいのに…。

・コーンスープを作ろうとした
・スープ用にコーンの缶詰を開けた
・そのときは、とうもろこしは圧力鍋でふかし中
ということだったらしいのだが…。

やっぱり、トノの思考回路はわからん。
とうもろこしをふかしているならスープはコーン以外にするよね、
フツー。

2。トノの会社、意気上がる

トノが道楽まじりで立ち上げた会社は、
マンションの一隅にまがりなりにも事務所ができて、
ホームページも整った。

加わる仲間も徐々に増えて、
気分の盛り上がりは上々。

ニッチな分野で関心も持たれるようになり、
少しずつではあるが、
仕事が舞い込むようになった。

初収入、ン万円也！

帰宅したオクにいきなり玄関で「○？♭◇☆！●＊★■◎□＃♪！」
コーフンしたトノから言葉の機関銃。
なんだ、なんだ、なんだ…？

よくよく聞いてみれば、知人から頼まれて、とある小さな会社の経営
分析をしたトノ。それが新会社の収入第１号に。しかも…
来月からも月１回位のペースで面倒見てほしいと言われたとか。

金額よりも何よりも、純粋 Open マーケットからのオファーで 60 歳
過ぎてもあなたは社会に価値あるんですよと言われたみたいでと、
トノはとってもうれしそう…。

当然、機関銃の弾丸が尽きてからの夕食になりました。

ああ、非常勤講師

来た！

何がって、大学の非常勤講師のオファーが、トノに。

しっかし…ギャラが安い！！！

待遇はよくないと聞いてはいたけど。

教えることで学ぶことは多いものだけど。

ははぁん…大学も考えたものだ。

団塊に限らず、リタイア男性がやりたがることのひとつが大学講師。

年金もあるし、ギャラは二の次。実務経験豊富でスキルはある。

熱意もある。かなり優秀な講師になりそう。

しかも簡単にクビにもできる。おいしい人材だ。

だけどね、トノ。

今どきの大学生は◯学生並みのレベルだって知ってる？

全国紙の取材

トノが取材されたらしい。
どんな扱いの記事かはわからないけど。

元広報部長の仲間が立ち会ってくれたとか。
マスコミの裏も表も、怖さもメリットも知り尽しているだろうから心強い。会社ごっこといえども、キャリアはすごい面々がそろっているのが強みだわ。

もし数年前、彼らを集めた部を作ったら、すごい人件費になっただろうな。

それを、ＫＹって言うの！

この前トノを取材にきた新聞社が今度は写真を撮りにきた。
（本当に載るのか…？？）

で、撮影日の朝、何を着ていこうか迷ったトノ。
「スーツにネクタイか？」（うそでしょ！　それはあんまりだわ）
「ジャケットくらいでいいんじゃない？」
「ジャケットにネクタイ？」「もちろんノーネクタイよ」
「ポロシャツじゃまずいかな」
「ボタンダウンのシャツのほうがいいと思うよ」ってなやりとりをしたけど、それはオクが出かける10分前くらいのこと。

お願いだから１分を争っているときに服装の相談はやめて！
なんで、昨日のうちに言わないのよぉ～！
それでも場の空気をまったく読まずに「こんなんでどうかな」とトノ。

「いい、いい。それでいい。（なんでも）いい」

また取材？

また朝の出がけのバタバタ忙しいときにトノが聞く。

「何着たらいいかな？」
「なんで？」「今日、Ｎ社の取材が入るんだ」
「写真も撮るの？」「それはないと思う」
「だったら、なんでもいいじゃない」
「……○×△◆％＆＃」

（ごめん、つきあってたら、私遅刻するんだよね）

またまた取材！

取材も初めは「団塊オジサンたち（オバサンやガイジンさんもいるけど）頑張る」風の番組だったけど、次第に専門家集団としての注目もあびるようになってきたみたい。
いわゆる「専門家によると」のテロップが流される類のアレ。

今度はテレビ。
なので、着るものなんてなんでもいいんじゃない、とも言えないので、前日の晩に聞いてみた。←オクも一応学習した。
「明日は何を着ていくつもり？」

放っておくとスーツにネクタイになりかねないと思っていたら案の定…
「どのネクタイがいい？」
「ボタンダウンのシャツにジャケットくらいがいいんじゃない？」
「え？　テレビに出てる人、たいていネクタイしてない？　ほれ！」
って指したテレビには首相の姿が…。

そりゃあ、官邸での囲み取材だもん！
アナウンサーだって、報道番組ではネクタイしてても、バラエティー番組ならラフな格好だろうが。
TPO、TPO ですよ。

押し問答の末、スーツにノーネクタイってことで落ち着いた。
が、納得できていないので、ネクタイも用意しておいて、
臨機応変（？）に対応するという…。
仕方ないので、ネクタイも選んであげて…。

さてさて、どうなることか。

クリスマス会はインターナショナル

仕事仲間の会合のあと、わが家事務所？でクリスマス会があった。

メンバーの一人が英国人なので会話が英語と日本語のちゃんぽん。
仲間もほとんどの人が海外駐在経験者だそうで、フレーズは英語で
助詞は日本語みたいな会話が続く…。
その英国人も日本語が全くわからないわけじゃないから、これで
通じている。
日本人の英語だからわかりやすいんだけど、オクは半分くらいしか
ついていけなかったなあ～。

オクとたいしてレベルに差のないトノは？と見ていたら、聞き取りは
まずまずだったみたいだけど、しゃべりのほうは日本語のみだから、
隣に座っていた人が通訳していた…。
やっぱりね！

類は友を呼ぶってか…儲けベタな面々

トノの元上司が、新会社の仲間たちのメンツを聞いて言ったそうな。
「よくできて人柄のいいヤツがそろっているな」
そこまではいい。

「しっかし、見事に金儲けの下手なヤツばかりだな」
そうなのぉ〜？？　そうなのか…。
わかったわ、金銭的な期待はし・ま・せ・ん。

社会貢献もいろいろ？

「俺って、社会貢献しているみたい」ってトノ。
お仲間のリタイア組は、家でゴロゴロしていると妻の機嫌が悪いらしい。←ま、そりゃそうだ。
なので、トノたちのミーティングで外出するというと、とってもうれしそうな顔をするんだと。←正直な妻たちだ。

つまり、外出先を提供しているトノは、彼らの妻たちにとってはありがた〜い存在。
ということで、社会貢献しているとのたまっているってワケ。
交通費以外はかからないし時々お小遣いも入るのだから、それもありがたいかも。

3. オクの仕事も順風満帆

帰宅すれば多少のストレスが待っているものの、
オクは時間の自由が増えた。

仕事に社会活動にとオクはいっそう励むようになった。

毎日のブログからもその充実ぶりがうかがえる。

おいどんでごわす

鹿児島市内からは噴煙を上げる桜島の雄姿が望める。
地球のエネルギーを肌で感じる。
毎日これを見ながら育つと確かに違うだろう。
西郷さんもここで生まれたからこそなんだろうな。

えーと、なんで鹿児島に行ったかというと仕事です。
ライター４回セミナーの今回が最終回。
ということで地元の主催者が、お酒の飲めないオクを鹿児島のうまいもんに招待してくださいました。

「鹿児島ではみんな、おいどんって言っていると思ってませんでした？」って聞かれて、「まさかぁ」と答えたものの…
実はちょっとは思ってた。
でも「ごわす」はないと思った。
だって東京の人も「ござる」とは言ってないもんね。

明日から見違えるようになる“文章術”

ある区議会議員さんのコミュニティーサロンで、ちょっと誇大広告めいた（？）文章講座を開きました。

その女性議員さんのお声がけもあってか、会場はギッシリ。
１時間あまり話をしたあとは質疑応答。
みなさん、いろいろな活動をされていて、そこで文章を書くということを日常的にされている方が多かったので、質問も現実的。

概ね好評だったようで、議員さんの顔をつぶさずにすんでホッ。
新しい出会いもあって有意義でした。
投稿誌の紹介もさせていただきました。
会員になってくださる方がいるといいなぁ〜。

校正とテープ起こし

投稿誌の仲間たちで引き受けているお仕事に、校正とテープ起こしとライティングがあります。
校正はレギュラーのお仕事の受注で、大変ながらも順調に実績を積んでいます。テープ起こしのお仕事も、不規則ながら入ってきます。
どちらもクオリティの高さを評価されています。

そうよね、投稿誌の会員は全員真面目＆有能だもん！
この能力を役立たせないなんて社会的損失だわ。

文章を愛する人たちが、書いて、読んで、望めばお仕事にもできる…
そんな可能性がこの投稿誌ならではの魅力だと実感！

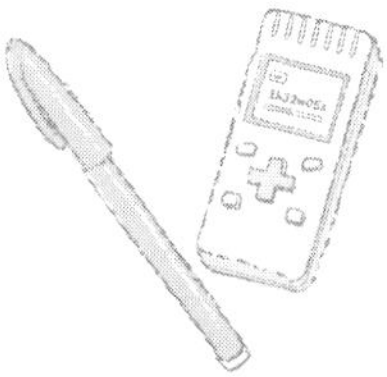

いやぁ〜しゃべった、しゃべった！

久しぶりに投稿誌の友人に取材で会った。
オクと同じように投稿誌をキッカケにライターになった人だ。
専業主婦からライターになった経緯と、ライターという仕事の醍醐味を取材したのだが、あれこれとにかく話が尽きない。
何と５時間！　店を追い出されてからもまだ立ち話！！

で、思い出した！　彼女とは電話で夜が白々と明けるころまで話したことがあったっけ。さすがに手と首が痛くなり､トイレに行きたくなり､あれはオクのギネスだったなぁ〜。

雄々しい、潔い、志、意気に感じる…

以前お目にかかったことのある松井久子監督*に、今日は仕事のインタビューをした。
女性が活躍できる社会づくりを大きなテーマとしている監督だ。

「生きがいと仕事が一致するように努力してきました。
生きがいにならなくなったらその仕事はもうやめなんです」
一度しかない人生の時間を無駄に使いたくないと言う。
世間の目や社会通念は気にせず、自分の生き方を潔いと思えるかどうかが唯一の基準だと。

「雄々しい、潔い、志、意気に感じる…」、これが松井監督の好きな言葉。この言葉は、今や女性にこそふさわしい。
志ある女性が、社会を元気にしている。

それを聞いた会社の後輩が言う。
ミーティングで意見を持っているのも女子が多い、もともと女子は雄々しく男子は女々しいのだと。
その男子をなんとか雄々しくするように「男は雄々しく！」と、潔くないから「潔くあるべし」と教育することになったというのだ。
団塊ジュニア男子を育てたのもオクたちなので、いろいろ反省…。

＊ 松井久子監督
雑誌のフリーライターを経て映画監督となる。
戦争花嫁で米国にわたった日本人女性を描いた『ユキエ』で監督デビュー後は、
彫刻家イサム・ノグチの母を描いた日米合作の『レオニー』などを手がけ、
サポーターも多い。
最近では日本のフェミニズムを扱ったドキュメンタリー映画
『何を怖れる』を発表し、その中に歴史ある女性投稿誌も登場している。

祝 ブログのアクセスが 1000 超！

え？！
一瞬目を疑ったけど、本当だった。昨日のアクセス数が 1075、
前は 700 くらいだったのに。

ど、どうしたんだろう？　思い当たることってないけどなぁ～。
特に面白いネタだったわけでもなし…。
全く私を知らない人が読んでくれているって不思議な気持ちだ。
でもやはりうれしい！　木に登るブタってか！

ありがとう、ありがとう、ありがとう…

ふぅ〜大きなフォーラムイベントが終わりました。
虚脱…。

今回はあまりにも準備の時間がなくて、どうなることかと思ったけど、
皆さんに支えてもらってなんとか成功させることができた！

パンフレットをデザインしてくれた友人、プリントして手作業で
三つ折りにしてくれた会社の仲間たち、プレゼン資料を準備して
くれた仲間、当日に会場係をしてくれた人たち、そして何より
忙しいなか参加してくださった皆々さま…
本当にありがとうございました。

4。第二の人生も１年経過

第二の人生に入って１年が経った。

トノは機嫌よく家事に精を出し、
仕事にもほどほどに打ち込んでいる。

そんな折、オクの母が病気で入院した。

親の看病と看取り、この年代の宿命は
オク＆トノ夫婦にももれなく訪れた。

退職記念日…

1年前、トノ退職。

さてさてどうなることかと思ったけど、

道楽会社は（あまり儲からないけど）それなりに活気があるし、

家事も（いろいろ不足はあるけど）できるようになったし、

講師稼業も（学生にきちんと理解されているかは別として）なんとかこなしているし…。

よし、よしって感じかな。

楽天母、大好き！

母が緊急入院となった。

持ち物に母の名前を書く。

昔、修学旅行前に母が私の名前を書いてくれたように…。

見舞いに行くと、「私って、いろんなことが結果として良いほう、良いほうへ回っていくから…」と母。

ステキ！ その根拠のない自信、ナイスよ！

この分なら長生きしてくれそうと思えてきて、こちらが元気になる。

医者の見立てはシリアスなんだけど…。

甘えさせてくれる人、くれない人

今日も母の見舞いに。

看護師さんは皆若くて親切、テキパキとしている。
もちろんいろいろなタイプがいるわけで、甘えたくなる人もいれば
そうでない人もいる。
病人もその辺りは敏感にかぎ分けていて、孫よりも若い看護師さん
なのに、いろいろ訴えて甘えている。
それをその看護師さんはとっても温かく受け止めてくれている。

ひるがえって自分はどうだ…。
人を甘えさせるだけの度量があるか…。

いってらっしゃい

昨日母が亡くなった。享年 83 歳。

過去を悔やんだり明日を思い煩うことの少ない人だった。
いつも「今がいちばん幸せだわ」と言っていた。
薬のせいで意味不明のことを話しだしたときも「○△×＆％＃◆◎…
よかったわねぇ」と、何がいいんだかわからないながらも、
「よかった、よかった」と言い続けていた。

母にとって私はどんな娘だったんだろう。
頼りにはなったとは思うけど、甘えられる娘ではなかったような
気がする。
母自身があまり甘えるタイプではなかったけれど…。

最後に送り出すとき浮かんだ言葉は「さよなら」ではなくて
「いってらっしゃい」だった。

第3章

ハートマーク!?
病気で強まる夫婦のきずな

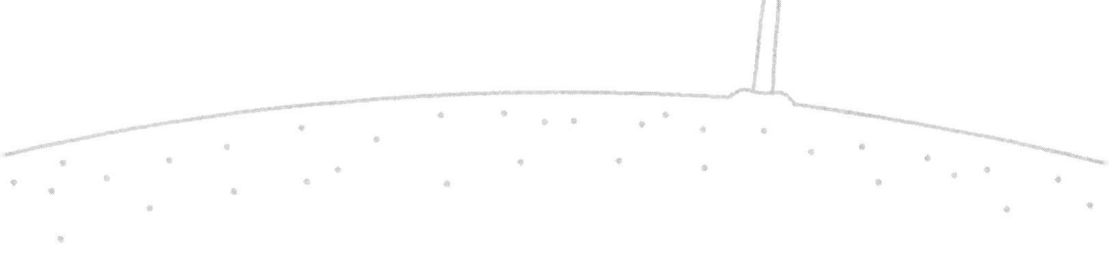

(2008年8月～2010年1月 by オク)

1.オクの病気、そして手術

新しい人生を謳歌している二人を、
突然オクの病気が襲った。
大腸に腫瘍ができて手術することになったのだ。

最初の大病から６年半経過して、
もう大丈夫と思っていた矢先である。

気が気でないトノを尻目に
オクはあっけらかんとしている。
「気に病んでよくなるものでもなし、
前も経験しているから」ということだ。

手術は無事済んでオクは退院。
しばらく休んでいたブログも再開し、
病気のことを明るく振り返っている。

敵を知れば…百戦危うからず？

オクの病を知って、トノはいきなり超ハイ状態に。
落ち込まれるよりはいいけど、まさに臨戦態勢に入るって感じ。
アマゾンから何十冊という本を買い込んで猛勉強。
数色のマーカーと付箋を駆使して…。（受験のときもこうやって
勉強していたのね、きっと）

オク自身は、母の死去の後始末やら仕事のカタをつけることやらで
時間の余裕がなかったので勉強はトノにお任せ。
肝心なことだけをざっと教えてもらうことにした。
なので、入院した日のＦ先生の説明にも、トノは数冊の本を持ち
込んで臨んだ。質問項目も整理して。
オクはなんだか他人ごとのように聞いていたけど。

素早くトノの本に目を留めたＦ先生、「それは、とても良い本です！」。
何十冊の中から厳選したトノの目もまんざらではないみたいだ。
素人が変に情報仕入れても困るんだよなぁ～みたいな冷ややかさは
全くなく、こちらの勉強ぶりを評価してくれて好感が持てる。
病院や医者の意識もここ数年で本当に変わっているのだなぁ～。

無血手術？

F先生は、トノの細かい質問にも、時間をかけてていねいに答えてくれた。答えの言葉の端々には自信がのぞく。

「ここでは大腸がんの手術だけで年間500件くらいやっていますが、縫合不全を起こしたことは、少なくとも僕が来てからの3年間に1件もありません！」（年間500件とは、1日に2回ってことも多いってことか…すごいなぁ〜）
「一応輸血の同意書にサインをいただきますが、まずめったに輸血は必要になりません。ほとんど出血しませんから」（えーっ！　そうなんだ。手術といえば血まみれってイメージがあるけど、それは古いのね…。実際、出血はほとんどなかったらしく輸血は不要だった）

「順調にいけば10日から2週間で退院できます」
（えーっ！　開腹するのに？？　うっそー！　と思ったがこれは本当だった。8月18日に手術をして29日には退院してよいと言われたのだから）

医者としては考えうるすべてのリスクを説明する義務があるからいろいろ怖いこともいっぱい話す。
うーん、手術はやっぱりえらいことなんだ！と緊張感が高まったところで、最後に――「元気になって退院していただきたいと思っています。ご一緒に頑張りましょうね」（ニコッ）

この人なつっこい“ニコッ”で気持ちがスーッとラクになる。
作為が感じられないので天性のものなのか…医者としては非常に
大きな武器になる特技だなぁ〜。

テクテク歩いて手術室へ！

いよいよ手術当日。
前日、近くのホテルに泊まったトノは7時ごろに来てくれた。
ガウンに着替えて待っていると8時半に看護師さんが迎えにきて
くれる。

けどさぁ〜手術室に向かうときって、ストレッチャーに乗せられて、
家族はその脇に付き添って、声をかけたり手を握ったり…という
テレビなどでよく見るシーンを想定していたら、なんと歩き。
看護師さんに誘導されて、自分の足で歩いて行く。
その後ろをHCU（集中治療室）に持ち込む荷物を持ってトノが
ノコノコついてくる。
うーん、なんか悲壮感がないなぁ〜。
レントゲン撮りに行きますって感じじゃん。
手術室の手前でトノとしばしのお別れ。

ハートマーク

ケータイが自由に使える個室でよかった。メールも通話もOK。
でも、つい習慣で看護師さんが入ってくると隠しそうになる。

トノが朝・昼・晩と定期的にメールをしてきた。
それも結構長くて、ラブレター並み…。

「俺が時間かけて長いメール打っているのに、送るとすぐに返事がくる。ああ、きっと短いんだろうな、と思うとそのとおりで一言か二言」って見舞いに来たとき文句を言うから、
短いメールのあとにハートマークを付けてあげたら納得したようで、
それからはあまり文句を言わなくなった（ったく…)。

例外見舞い客二人

家族以外のお見舞いは遠慮してもらった。
やつれ顔は見せたくないし…。
それでごく限られた人にしか病院も知らせなかった。

しかし例外が二人。

一人は中学時代からの親友。
「家族以外のお見舞いは遠慮してもらってるの」とオクが言うと、

「それがいいね。で、私は○日に行くね」とトモ。（家族だと思っている…これには逆らえず来てもらった）
この親友の夫は30代で大腸がん、50代で胃がんを体験している。
彼女の多岐にわたる情報を駆使したお陰か、彼女の夫は2度のがんをしっかり克服しているから、話すことに信憑《しんぴょう》性がある気がする。
私も大丈夫という気になってくるからありがたい見舞い客だ。

もう一人はトノの妹。
トノの親戚たちは見舞いには行くもの、行かないのは不義理だという田舎ルールで動いているから断るのも大変！
そんななか、夜の7時過ぎにケータイに電話が——トノからだ。
「妹が見舞いに行きたいと言っているんだけど」
「気持ちだけで十分だって言って」
「それが…もう病院の下にいるんだって」「えええっー！」
「もう仕方ないだろ。これから上がって行かせるから」
それは確かに仕方ない…。数分後にはノックがあって義妹登場と相成りました。

気持ちはありがたいし、本当に悪気は全くないことはわかっているのだけど、世の中には見舞いに来られるのがちょっと、って人がいるってことが理解できないのはなぜなんだろう？
性格？　育った土地の文化？　ううむ…。

食養生は騒がしい？

退院してみたら、新しい家電がいくつか登場していた。
トノが、これからは食養生だ！と買いそろえてくれたもの。

まず、ジューサー。
毎食新鮮な野菜ジュースを飲ませてもらっている。
次に精米機。
精米して時間が経つと酸化が進んでおいしくなく体にも悪いだろうというわけ。炊く直前に５分づきとか３分づきとかで精米している。
そして食洗器。
見舞いに来たワカ２に強く勧められたので。
たしかに食器はピッカピカに。健康被害が出そうなトノの洗い残しが気になっていたのでこれは便利。
買い替えたのが炊飯器。
玄米も炊けるようになった。

ところが、これらはすべて音がうるさい！
炊飯器も圧力をかけて炊くときは気に障る音をはき出す。
広い家ならいいのかもしれないが、狭いマンションではなんとも騒がしい毎日に。

それだけで騒がしいのだから鼻歌はやめてほしいなぁ〜。
それにしてもなんで「ラバウル小唄」なんだ！

これを言うのんがいちばんうれしいんよ

消化器外科の定期検診に。

血液検査、レントゲン、CT と終わってあとは先生の診察。
入室したら「お！ 髪、短くしましたね」とF先生。（トノもワカたちも気づかないのに…）
そして、「血液・レントゲン・CT すべて異常ありません」と話したあと、例の人なつっこい笑顔を見せて「僕らこれを言うのんがいちばんうれしいんよ」と本当にうれしそうにおっしゃったのだ。
もちろん、患者である私たちも先生にそう言われること、しかも心底うれしそうに言ってくださることがうれしくて…涙が出そう。
傷跡をチェックし「きれい、きれい」とまた指で○を作り「順調、順調」とにっこり。
退室しようとしたオクの背中に「風邪ひかんように、気ぃつけてくださいね」。この関西アクセントがたまらない。

けど…机の上にあったストロングのコーヒー缶が気になる。
いかにも眠気ざましという感じ。お疲れなんだろうなぁ～。

午前中の冷たい雨がウソのように晴れてきて、青空が広がりだした。
オクの心も晴れ！

2。経過はよし！

退院してオクは職場に復帰した。

しばらく抗がん剤の服用は続いたが、
やがてそれからも解放され、
二人に平穏が戻った。

しばらく潜めていたトノのさださん熱と
旅行熱にも再び火がついた。

珊瑚婚です！

今日10月7日は35回目の結婚記念日です。

昨日のこと —— オクが「明日、何の日？」と聞くと、
トノは「？？……　結婚！」。
なんじゃそれ！　一呼吸どころか三呼吸くらいあったぞ。
それに、結婚じゃなくて、結婚記念日だろうが。
「わかっているよ、だから1日空けてあるよ」（うーん、このところ1週間の半分以上は予定がない日では？）
せっかくだから「ランチくらい行く？」と誘ってみると、
「そうだな」とトノ。

で、車で20分ほどで行ける調布の深大寺へ。
なんともお手軽 —— ま、病後の体だから無理しないのがいちばんか。
大きなキンモクセイのいい香りが境内にあふれていた。
その近くのお店でプチ贅沢なランチ。退院後初めてのきちんとした外食。ちゃんと1人前を食べられ満足！
帰宅したら、友人から「珊瑚婚おめでとう」のメッセージが届いていた。

あと15年、私たちは金婚式を迎えられるのだろうか…。
トノの両親は7人の孫に囲まれて金婚式のお祝いをした。
私の両親は49年5カ月で父が亡くなって迎えられなかった。

ニケ??

天気予報は外れ、スッキリしないお天気だけど、今日は衣類の整理。
なんとかワカ1をとっつかまえて、「この服は着る？　捨てる？」と確認作業。
捨てるに分類された中から惜しいものは、トノにお下がりしよう。
なにしろ着るものには全然こだわらないから、着るだろう。

「これなら、あなた着る？」
「ああ」（やっぱりね！）
「そのニケなんていいじゃない」
「ニケ？？　う。それをいうならナイキなんですけど…」
（ここまで着るものに疎いとは思わんかった。ああ想定外…）

テレビに出ている、おバカタレントのおバカな答えに「世も末だ」と嘆いているあなた、彼らにしたらナイキをニケと呼ぶあなたが信じられんのよ。

ポケットが13！

トノごっきげん！　いい買い物したんだと。

それは釣り用のベスト。←釣りなんてしないくせに。
「こーんなにポケットが付いていて、たったの980円！」
たしかにね。付きも付いたり13個。
だけどさあ、そんなにあっても使いきれないんじゃない？
アンド、重いのである。
ポケットの布だファスナーだ、ボタンだですでにズッシリ。
すべてのポケットにモノを入れたりした日にゃ…肩こりそう。
うーん、わからないゾ、オヤジごころ。

バラが咲いた！

家から駅までの途中に、毎年見事なバラを咲かせているお宅がある。
夜道を歩いていて匂ってくるのもいい。手入れが大変と思うけど、
このバラを楽しみにしている人も多いんだろうなあ。

トノは…バラに気づかない。
数少ない名前がわかる花なんだけどね。
そう、桜、チューリップ、バラ…
あとはぜ〜んぶ「花」。

逆風だって無風よりいい？

辛いところでがんばっているというテレビ番組をみていたトノがつぶやいた。
「逆風だって無風よりいいってこともあるよな」、そして
「ヨットは逆風だって進めるけど、無風なら…進めないからなあ」

無風でも自分が動けば風は起きる…トノはそのタイプだ。
人生いろいろ、風向きもいろいろ、トノのこれからもいろいろか？

いいじゃん、シングル二つ

明日は母の百箇日。
遅れていた納骨に仙台へ行く。
が、紅葉真っ盛りの３連休とあって、ホテルがなかなかとれず、
トノは思案顔。

「ツインがないんだよ。ダブルはあるらしいんだけど」
「ダブルはイヤ。ゆっくり寝れないもの」
「困ったなぁ…シングルならあるっていうんだけど…」
「(えぇっー！）いいじゃない！　それで（それが）いいよ！」
「そうかぁ…？？」
そうに決まっているだろうが。
ツインがあってもシングルのほうがいいよ。一人ってサイコー！

これって女性なら皆うなずいてくれると思うんだけどなぁ〜。
男の人はどうもイヤらしい。トノとしてはシングル二つにするくらいならダブルにしたかったみたい。

結局シングル２部屋ということで落ち着いた。わぁ〜楽しみ！

テレビを無視して「戦友会」〜♪

2009年がスタート！
東京はとってもいいお天気で気持ちいい！！

昨日の大晦日の晩、ちょっとだけ紅白歌合戦を見た。
トノはまったく興味ないので同じ部屋で片付けをしていた…のはまだいいとして、なにも歌いながらすることはないと思うけどなぁ〜。
テレビでやっているのと同じ曲を歌うならまだわかる。
トノの場合、全く違う歌なんだよなぁ〜。（なぜか さだ さんの『戦友会』って歌でした）

うーん、でもテレビの音につられずに全く違う曲を歌えるのってある意味すごいかも。マイペースも極まれり？
ワタクシ、結局紅白を見るのはあきらめました…。

そんなこんなの年納め。さてさて2009年もそんなこんなの私たちなんでしょうか…。

卒業の季節～オクも卒業！

街で袴姿の女子大生を見かけるようになった。
卒業の季節…。

オクも今日卒業した。
何を？　抗がん剤の服薬を。
４週服薬して１週休みで１クール。それを５クールやった。
予防のためだから副作用も弱いとはいえ、うすら気持ち悪い、つわり状態が続いたのだけどそれも今日で終了。
今日、病院へ行って血液検査をして異常なしということで卒業させてもらえた。

めでたい？ということで、トノがケーキを買ってくれたのだけど、
乱暴に持って来たらしくデコレーションが崩れてしまっていて
ちょっと残念。（この辺りのデリカシーに欠けるんだよねぇ…）

今ごろハマる『北の国から』その１

トノは今『北の国から』*にハマっている。

初回がもう27年も前というドラマなので、遅ればせながらもいいところだけど、なにしろトノは話題とか流行とかには全く無頓着ゆえ今までよく知らなかったんだよね。

なぜ今になってかというと…最近さださんはコンサートで
「北の国から」を歌うことが多い。
ああーあああああぁ～♪という例のメーンテーマだけじゃなく
「五郎のテーマ」「純のテーマ」「蛍のテーマ」なんかも。
これは演奏する。
（オクは、彼ののどを休ませるために楽器でカバーできる曲だから
最近よくコンサートでやるのだと踏んでいるんだけど…）
それで五郎って誰？　純って？　蛍って？…と思ったワケ。

で、DVDを“大人借り”。初回から「2002年遺言」の最終回まで
全24話を借りまくって毎晩見ている。

一人で見ていてくれる分には、おとなしくっていいんだけど…。
一緒に見たがるのよねぇ。
「この感動をきみと分かち合いたい」ってワケ？

オクは細切れだけど前に見ているし、DVDを見ている時間があったらほかにやりたいことがいっぱいあるので、しばらく無視していたけど、なんだか寂しそうなので、途中から一緒に見始めた（なんて心優しいオク！）。

し・か・し…やっぱりオクにはなんだか釈然とできない。
お金お金の消費社会へのアンチテーゼ、北の大地で自然と暮らす男のロマンかもしれないけど、子どもたちの可能性はつぶしてしまったのではないかと思ってしまうから。
とそのドラマの世界に素直には浸れないオクなのであります。

＊『北の国から』
1981年10月から約半年間フジテレビ系列各局で放映された連続ドラマ。
その後も2002年まで続編のスペシャルドラマが放映された。
北海道富良野市（主に麓郷地区）を舞台に、田中邦衛が演じる五郎とその子どもたち（純と蛍）が繰り広げる人間ドラマで、さだまさしがテーマ曲を提供している。

今ごろハマる『北の国から』その２

トノははまると徹底的だ。

『北の国から』の脚本全10巻なるものをアマゾンの中古で手に入れ、
写真集とかハンドブックとかまで買った。
ハンドブックには、ドラマでは描かれていない
五郎や令子（五郎の妻）の過去の経歴なども書いてあって
トノは面白いと絶賛！

そうかあ〜？
五郎の女性遍歴とか令子が暴走族だったとか知ってどうよ？
この辺りにくるとオクはついていけないのよねぇ。
そしてドラマの舞台となった麓郷に行くと騒いでいる。

前にも行ったじゃない。
そのときはほとんど興味なさげだったくせに…とついつい冷ややかな
眼差しを送ってしまうオクなのでしたとさ。

次なるは『風のガーデン』

『北の国から』攻勢が終わったら次は『風のガーデン』*。
末期がんで余命わずかな医師を中井貴一さんが主演したドラマだ。
その父を演じる緒形拳さんの遺作となった作品でもある。
富良野つながりというか、倉本聰つながりというか…。

今度もシナリオ本をアマゾンでゲット。しかも間違って２冊も。
でぇ〜しかるのちDVDを借りた。
そして、やっぱり一緒に見たがる…。心優しきオクはつきあう。

し・か・し、である。
シナリオを先に読んでいるトノは展開がわかっているのでうるさい。
「ここからがいいんだ」とか言うのだ。お願いだからお静かに。
お願いだからウルウル来るところで顔を見ないで！
テレビのほうを見ていてよぉ〜！

次なる展開として…来週、富良野へ行くことに。
お供はもちろん『北の国から』ガイドマップ…。

*『風のガーデン』
2008年10月から3カ月間フジテレビ系列各局で放映されたドラマ。
自分の不倫から妻の自殺を招いて勘当された麻酔科医（中井貴一主演）が、
末期がんに侵されて故郷の富良野に帰り、父親や子どもたちに看取られて亡くなるまでを描いている。がんを患いながらも父親役で好演した緒形拳の遺作ともなった。

北の国へ

やって来ました、北の国。
何はともあれ富良野へ。

そして『北の国から』資料館へ。
『北の国から』パスポートを買って、ロケ地巡りをしてスタンプを押して回った。

60代夫婦がねぇ…。とは思うものの、
トノは嬉々として回っているので、
もう一緒に楽しんじゃうしかない。

ツアーの〆は吹上の湯

『北の国から』ツアーの最後は吹上《ふきあげ》の湯。
五郎さんとシュウ（純の恋人）が一緒に入った山奥の露天風呂でーす。
山腹に風呂があるだけで脱衣場もない。もちろん混浴。
まだ根雪もたっぷり残っているうえ、新しい雪もちらつくなか、
トノはチャレンジ！

先客は白人の中年カップル。
つまり女性もいるんだけど、トノは臆せずチャレンジ！
まあ、向こうの女性も全然気にしていなかったけど。
冷や汗ものの英語で話しかけ、一緒に写真撮影まで。

いつもながら、トノのこういうところは脱帽だわ。
ずーずーしいんだか、天真爛漫なんだか…。
ということで、ロケ地巡りツアーは心おきなく終了しました。
しゃんしゃん!!

3。今日より良い明日を

オクにはいつまでもずっと元気でいてほしいし、
活躍もしてほしい。

それには体と心の治癒力を高めることがいちばんと、
トノは世話女房ならぬ世話亭主ぶりを発揮する。

のびのびになっていた退職旅行にも、
やっと行けることになった。

ホリスティック医学

行ってきました！　埼玉のO病院。
O先生は、西洋医学と東洋医学を融合して人間をまるごと全体的にみるという「ホリスティック医学」という領域を開かれた方だ。
がんには自分の治癒力を高めるのが大事と、トノが予約を入れていてくれたのだ。

思っていたより小ぢんまりした病院でなんとなく空気が温か。
働いている人たちが穏やかでいい感じだからのよう。
O先生も思っていたより小柄だったが、ボタンダウンのチェックのシャツにサンダル履きというラフな格好で、温厚そのものという感じ。

型どおりの質問のあと、脈をとり、舌を見、胸と背中に聴診器をあて、お腹をていねいに触診。質問にもカルテを書く手を止めて、きちんと向かい合って答えてくださるのが好印象だった。
そして体の治癒力を高めるために漢方薬を服用することになった。

病院を出るとき、額に入った基本理念が目に入った。
「今日より良い明日を」

養生塾に

O 先生の養生塾に来ています。
場所は信州の高原。

オリエンして、O 先生の講演、ビデオ上映、禅セラピーと盛りだくさんのプログラム。
養生とは、心の養生、食の養生、気の養生の三つがあり、心の養生がいちばん大切だと…。

感激したのが食事！ 当然有機野菜に玄米中心のメニューだけど、
これがめちゃくちゃおいしい！
この食事のためだけでもまた参加したくなる !!

妻離れできない？

養生塾には３組のご夫婦が参加、病気になったのはすべて夫。
つまり妻が付き添って来ていた。
夫たちは「母さん、母さん」とか言って頼りっぱなし…。

妻の一人が言った。
「女性は皆さん一人で参加されていて偉いですねぇ。
ウチなんか一人じゃ行かないっていうもんだから…」
うーん、妻離れできない夫って多いんだなぁ。

トノは…ちゃんと留守番できて偉かったでしょ！ってな得意顔で
迎えてくれたのだった。めでたしめでたし。

手術後の1年検診

「お待たせしてごめんなさいね。結論から言いますね。
異常ありません。大丈夫」そして例のニコッ！

これがF先生の素晴らしいところだ。
患者の気持ちになって、まずは安心させてくれる。
それから、血液検査の結果は…レントゲンの結果は…CTは…
内視鏡は…と順に説明してくれる。
多くの先生は、この説明から始めて最後の最後に「だから大丈夫です」
みたいな終わり方をする。
それだと、患者は落ち着いて説明も聞けないものだ。
そして向こう1年、3カ月ごとの検査スケジュールを出してくれた。
予定が立てやすくてとても助かる。
「こうやって検査して、異常なしと言えるのがうれしいんよ」とまた
おっしゃる。「元気そうやね。よかった」という声を聞きたくて
こちらも養生に努める気になる。

で、
心配しているだろうトノにメール。
トノからもきたけど、「どうだった？」という問い合わせメールで、
オクのメールは読んでいないよう。
それでまたメールしたのだがやはり返信なし…。

帰宅したら「結果はどうだったんだよ？」と不機嫌そうに聞く。
オクのメールを読んでいない…そこで思い当たった！

来週から海外に行くため、メールをやたらと受けないですむように（お金がかからないように）まずはサーバーにためておいて、必要なときにこちらから取りにいく設定にしていた。（いくらなんでも早すぎるよねぇ）
そのことをすっかり忘れてトノは、オクが連絡してこないと怒っていたみたい。

何かおかしいことが起きたときに、まず「自分のほうがおかしいのではないか？」と疑うことをしない性格だからなぁ〜。
こりゃ長生きするだろうなぁ〜。
ワカ1、ワカ2、父を頼むぞよ。

退職旅行

オクの病気と会社の立ち上げで延び延びになっていたトノの退職旅行にやっと行けることになった。

海外旅行は10年ぶり、行き先は夏の北欧。
連日トノがネットと格闘して全旅程の予約をとった。
氷河特急、クルーズ、ミュージカル…、う〜〜ん盛りだくさんだ。
凝り性のトノの準備は徹底している。
ホテルも、行先やルートの地図も、インターネット検索を駆使して念入りに下調べした。
でも、いつも何か抜けているのよね〜。

ストーカーのミュージカル?

ロンドンに行ったら『オペラ座の怪人』を観たいと言うと、
「なんじゃい、それ?」ってトノ。
で、さっそく買ってきたのが原作本。
読んでみて言うことには「結局のところストーカーの話だよな。
最後はリンチされちゃうような話がどうしてミュージカルになるんだろ?」

次に映画のDVDを借りてきたので、それは一緒に観た。
「ふーん、ミュージカルになるとこうなるのか」

そこでやめておけばいいのに、なんと無声映画時代に映画化されたもののDVDまで借りてきた。それは原作に忠実な映画で、陰惨なものだったらしい。とまあ、勉強家だ。

後日のことだけど、友人からチケットをもらったのでオペラの『アイーダ』を一緒に観にいくことに。
その際も購入したのが『アイーダ』の解説本とDVDがセットになっている入門書。うーん、勉強家だ。

とそれを観ていたトノ、「向こうの人って、ソフィア・ローレンみたいな顔が好きなんだなぁ〜。
アイーダ役の俳優、あのタイプだよな」
「あのぉ…ソフィア・ローレンその人なんだけど…」
映画は1950年代という古いもので、ソフィア・ローレンは18歳だというから無理もない？

成田離婚？

旅行に行く前、ある友人に言われた。
「成田離婚にならないようにね」って。
今まで二人きりで海外旅行したときは、必ず１回はハデなけんかをしていた。二人だけでいるとお互いハナについてくるし、疲れがたまってわがままにもなる。

でも、今度はけんかなし。逆に仲良くなったかも。
その理由 —— まずトノが荷物を持ってくれるとすごく助かる。
大きなトランクはオクの手に余るのだが、痩せても枯れても男だからトノは結構ラクラク持ってくれる。
う〜〜ん、頼もしい！となる。

そして、外国語の標識だと目に入らなかったりするんだけど、
「コッチって書いてある」とオクの目に助けられることもしばしば。
二つの目玉より、まあ節穴でも四つのほうが確かだってことね。

成田離婚を心配？していた友人には、「助け合って一人前ってことか。
結局、歳とったってことね」と言われてしまったけど。
まあ、めでたし、めでたし。チャンチャン！

最近の若いもん…

ほとんど笑い話だけど本当の話です。

友人のご主人（部長）が部下に言いました。
「今度の出張の新幹線の切符、買っておけよ」

そして、当日新幹線改札で待ち合わせて
「切符は？」「あります」
「俺のは？」「え？　部長のも買うんですか？」
時間がなく部長は自由席を買って飛び乗り、部下は指定席に…。
どこに座っているかわからない部下にケータイで「昼飯はどうする？」
「今、食ってます」← 一人で駅弁を買って食べていたそう…。

フレッシュマンが目に付く今日このごろ、こんな新人のお相手は大変！

とにかく指示は細かくするのがポイントってことね。
くだんの部長は「今度の出張の切符、俺ときみの分を買っておけよ」と
言えばよかったってことよね。
あああぁぁぁぁ。。。。。

いいなあ…「ありがとう」夫婦

ワカ２一家が遊びに来た。
この夫婦は、互いによく「ありがとう」を言い合っている。
「あれ、とって」「ほい」「ありがとう」、
「これ、しといたから」「ありがとう」…。見ていて気持ちがいい。
ワタクシのしつけが良かったからだわ、ほほほ…と、言いたいところだが——違うなぁ。

トノがまた探しもの、今度は鍵だ。
「ない、ない」ってうるさいので、探してあげた。
「これじゃない？」「どこにあった？」（おまえが隠してたんじゃないのか、って目…）「ありがとう」は？

赤ちゃんに加齢臭？

トノが去年生まれたマゴ２を抱いて恍惚となっている…。
たしかに赤ちゃんの匂いっていい。
目が合うとニコッと笑われたりすると本当にたまらない。
それにしても、ほほずりしてコーコツとしすぎだってば。
おおらかなヨメちゃんは文句を言わないけど。
「１週間くらい加齢臭が抜けなくなるかな？」なんて言いながら、一向にやめようとしない。

今日はそんなマゴたちも帰って、静かな日常が戻ってきた。

第4章

二人三脚で療養、あくまで楽天的なオク

（2010年2月～2010年6月 by トノ＆オク）

1. 転移発見

大腸がんの手術から１年半後の定期健診で、
肺への転移が見つかった。
もともと主治医から可能性を指摘されてはいたのだが、
二人三脚で懸命に療養に努めてきた成果が出ていると
思っていたし、実際オクの体調も悪くなかった。

まさかの厳しい現実にトノのショックは大きかった。
オクも動揺はあったとは思うがそれをオクビにも出さない。

トノが心配の胸の内を正直にエッセイにつづる一方で、
オクはブログであくまでも楽天的にユーモアを発信し続ける。

あまりにも対照的だが、それらはまさに同時進行のものだ。

トノ、定期健診のムナさわぎ

オクは有明の病院へ定期健診に。
トノはなんとなくムナさわぎ、それでメールした。
「結果はどう？」オクからすぐ返信があった。

「肺に転移かも…。心配かけて本当にごめんなさい。
でもこの１年半、好きなようにさせてもらってすごく充実してたし
幸せだった。悔やむことは何もないわ。いろいろありがとう。
詳しくはあとで」

改札でオクを出迎え、冷たい雨に傘を並べて家まで歩いた。
無言でも気持ちは寄り添いあっていた。

元気かい？「元気甲斐」（その日のオクのブログ）

一昨日は八ヶ岳の麓（山梨県）のホテルで行われた友人の結婚式に出た。43 歳の新郎と 39 歳の新婦。派手さがない落ち着いた雰囲気がよく、待った甲斐があったと皆で祝福。

帰途に食べた駅弁が「元気甲斐」。
某テレビ番組の企画で生み出されたこだわりの弁当だ。
なつかしさを感じる経木折詰めの二段重ねで、上段には胡桃ご飯、
下段に栗しめじ蓮根入りおこわ、おかずの種類も
豊富でおいしく、かなり満腹になった。

検査結果は？

検査の詳しい結果を聞きに二人で有明の病院に。
肺のあちこちに細かい斑点が見える。

薦められたのは抗がん剤、今度は副作用もきつそう。
口数多いトノも今日は無口に。

あまおう苺の誘惑（その日のオクのブログ）

トノと有明方面に出かけ、早めに用が終わったので、気乗りうすのトノを引っ張ってお台場に寄り道。

海辺のホテルで、「あまおう苺の誘惑」の表示に誘われてアフタヌーンティーをした（せっかくお台場まで来たんだからさぁ〜）。
ミルフィーユ、ジュレ、タルト、ムース…とあまおうづくし。
たっぷり味わって大満足！
「こんなに食べられないよぉ〜」と言っていたトノも完食！

外に出たら、桜が７分咲き！！
河津桜の濃いピンクがきれい。
暮れなずむお台場を散策して、水上バスで日の出桟橋へ。
しばしのトリップでした。

苦悩と迷い

執刀医だったＦ先生から化学療法のＭ先生にバトンが渡された。
通っているホリスティック医学のＯ先生のセカンドオピニオンを
聞いた。トノの提案で、さらに別の先生のサードオピニオンも。

専門医として薦めるのは抗がん剤、がんの抑制効果が期待される。
しかし副作用も苦しく生活は大きく制限される。
その間に体力がそがれ、効力が切れる○年先はボロボロになって
いないか…？　ではほかにどんな手が？

体の治癒力を高める代替療法も数多く勉強してきたけど、その方法が
この段階でどの程度の効果をくれるのか？

古武術で毎日がラクラク！

立ち寄った本屋さんでふと見つけた本。
運動神経が鈍くてもすぐに使えるという意味のことが書かれている
帯の見出しが目にとまったのだ。
これに俄然親近感を抱いてオクは即購入。電車の中でパラパラ読む。

おお！　さっそく役に立ったのが椅子から立ち上がるとき。
まず頭を前に出すことで腰を浮かせてから立ち上がる。
つまり自分の頭の重みを利用するというワケ。
いやぁ～本当に軽く立ち上がれる。
「よっこいしょ」が出ない。

自分の体も合理的な使い方をすれば、まだまだいろいろな可能性を
秘めていることを教えてくれている。

オクの決断

オクの決断は早かった。
抗がん剤治療はしない。
自分の治癒力を高める方法を選ぶということだ。
これからはもっぱらO先生の病院で、ホリスティック医学のお世話になる。

オクは会社を退職することも決めた。
仕事にも社会での活動にも乗りに乗って、「これからやりたいことがたくさんある」と言っていたオクの気持ちはわかりすぎるほどわかる。

しかし、同じような淵から立ちなおった事例が山とあるのも知っている。二人三脚で精一杯取り組めば、可能性が開ける気がするのだ。
仕事は立ちなおってからまた再開すればいい！

心の元気は…

まっさん（さださん）ファンのトノは、毎年まっさんカレンダーを
三つも買う。月めくり、週めくり、日めくりだ。
そんなにかけるところがないっちゅうのに。

ということで、日めくりはトイレの中…。
その日めくり、格言ならぬ「さだ言」が書かれているのだけど、
昨日のは納得！

『心の元気は感謝が連れてくる、心の不健康は不満が連れてくる』
というもの。

確かに…。

トノの決意

療養の方向が決まれば腹も固まり、することも決まる。
トノの歯車はまた回転しだした。

「これからはオクを支えることに専念させてほしい」
トノはそう宣言して会社仲間に受け入れられた。
会社は少しずつ活躍の機会が広がり、仲間も増えていた。
トノが自分の持ち場を絞っても仕事は十分流れていくだろう。

幸せのかたち

先日、ハーモニカサークルで。
お歳を召した女性が、楽器は持たずに後ろに座っていたので、横に並んだ。その女性に「遅れていらしたの？」と声をかけられたオクは「いえ、見学で」と。

その後休憩時間にも話しかけられた。
「お若いのねぇ。結婚はなさっているの？」
「はい。いや、若くないですけど（その女性よりは若いけど）」
「お子さんはいらっしゃるの？」「はい。息子が二人」
「私は息子が二人と娘が一人おりますの。あれ（指導している先生）は主人ですの」「そうなんですか」
「ふふふ。子どもみたいについて来ているの」「いいですね」

ここまでは、特に違和感はなかったのだけど…。

女性はまた「お子さんはいらっしゃるの？」
「(え？？）…はい。息子が二人」
「私は息子が二人と娘が一人おりますの。あれは主人ですの」
「はあ…」「ふふふ。子どもみたいについて来ているの」
「い、いいですね」
一瞬耳が遠いのかと思ったが…。

「お子さんはいらっしゃるの？」「はあ…」
「私は息子が二人と娘が一人おりますの」
ここに至ってわかった。彼女は認知症なんだろう。でも、
休憩時間が終わって練習が始まると話しかけてこなくなったので、
それほどではなく、今話したことを忘れてしまうだけなんだろう。

おだやかな表情をしていて幸せそうではある。
この状態が長く続けばいいのに。
童女が父を慕うように夫を見ていた。

2。一生懸命に療養

本、インターネット、電話、医師への面会…、
トノの猛勉強に拍車がかかる。

部屋の一角を占めていたさだまさしグッズの多くは物置に
移動して、がんや療養の本がそれにとってかわった。

得られたものは…知識、見通し、希望、等々。
漠然とではあるが、「展望が開ける」気持ちが二人に
芽生えてきたこと。

そんな日常のなか、オクのブログは相変わらず夫婦の様子を
面白おかしくつづり、病気のそぶりを見せていない。

しかしトノは時々オクの意味深な言葉も耳にするようになった。

迷惑かけて、かけられて…

「これからも頼らせてください。だから何かあったら私たちのことも頼ってください！」

研修仲間の送別会で、記念品に添えられた言葉だ。
それを言った一回り以上若い後輩に拍手が送られた。

よく人に迷惑をかけないで生きたい、という。
でもその言葉の裏には、だから迷惑かけられるのはごめんだ、というニュアンスが感じられて、オクは好きじゃない。
迷惑をかけて、かけられて生きていきたい。
頼り頼られて生きていきたい。
人は一人では生きられない動物なのだから。

体温を高める治療

トノは藁にもすがる思いで、オクの療養について調べまくる。
体温が高いと病気になりにくいという。
体の免疫力が働きやすいのだ。そしてがん細胞は温度に弱い。
これを目標にすると、具体的な治療の方法がいくつか見つかった。

「ハイパーサーミア（がんの温熱療法）」がそのひとつだ。
特殊な高周波を腫瘍部分に照射して温度を高め、がん細胞の減滅をはかるという施術。
費用はかかるが、医療保険（高度先進医療）などの適用もある。
60分の照射は苦痛も副作用もないので、精神的ストレスがないのがありがたい。
都内のクリニックで定期的に施術を受けることにした。

ぽんこつカーで都心！

今日も都心に車で。これで４度目くらいかな。

運転が得意でも好きでもないトノは、インターネットの地図情報を
駆使して経路を調べる。画像も見て事前にシミュレーションをする。

かくして、１回目の都心はドキドキのちょっとした冒険だったけれど、
このごろはだいぶ落ち着いてきた。
乗っているだけのオクはラクチンだけど。

で、ウチの愛車は10年以上走っている旧型コンパクトカー。
これがなんだか本当にトノにピッタリって感じ。
どう考えたって新車や外車っていう柄じゃないもんねぇ…。
トノと同様古くて燃費も少々悪いけれど、よく走ってくれるわ！
感謝、感謝！

M式温熱療法

トノの知り合いが、遠赤外線と熱を放射する簡単な器具で、家庭でも手軽に行える温熱療法があることを教えてくれた。
背骨を中心に体を温めるのだが、ツボへの刺激は鍼灸と同じような効果もある。

トノがあれこれ調べた結果、理にかなっているし副作用もないということで試してみることになった。
浅草に施療所があったので体験に訪ね、要領の手ほどきを受けた。

浅草は大賑わい

ついでがあったので、トノと浅草へ。
お花見日和とあって平日にもかかわらずすごい人出。

ちょっと一休みしたくなって入った甘味屋さん、温かい雰囲気は○。
香ばしい焼餅が入ったおしるこはなかなかおいしかった。
江戸っ子の女将さんかと思ったら、はんなりとした京言葉の気のよさそうなおばさんが一人でやっていた。

M式温熱療法と二人の時間

M式温熱療法を実際にやってみると、施療されているオクは心地よく

てうっとりしているし、二人のスキンシップやゆっくりとした
コミュニケーションの時間を持てるという副次効果もある。

今では朝晩の施療は日課となり、そのときのCD鑑賞もまた日課と
なっている。

ファン魂？　ウソのような本当の話

このところ、毎日ビデオかCD鑑賞をしている。
トノがいっぱ〜い買いためたさださんのビデオとCDは未開封の
ものも多数。もったいないので、トノが一度は見る！と決心した
よう…。

で、夕べまさしんぐワールド（ファンクラブのイベント）のビデオを
見ていた。そしたら…
「えっ？　あれ？？　これってビデオじゃないよな。テレビだ」と
トノが素っ頓狂な声を上げたのだ。

画面はたしかにテレビの画面。だって右上にチャンネルが表示されて
いる。でも、ビデオと同じようなさださんの番組だったから、気づく
のが遅れた。何かの加減でリモコンをいじってしまったら、偶然にも
NHKになって、お父さまの新盆の精霊船が映し出されていた。

なんだかとっても不思議だけど、それだけトノのファン度は本物？

自律神経のバランス

トノはまた、自律神経免疫療法なるものをみつけた。
交感神経の優位が続くと、血流障害が起きて病気になりやすく、
リンパ球割合も低下して、がん抑制機能が弱まるという理論に立つ
もので、臨床医のF先生とN大学のA教授が切り開いた分野だ。
特に白血球中のリンパ球割合が35～40%程度に保たれると、がん
細胞の増殖を抑制する効果が大きいという。

副交感神経を活性化させて自律神経のバランスをよくするというこの
療法は医師と鍼灸師がペアになって行う。
それを行っている都内のクリニックを調べて車でオクを連れていった。

低体温、低酸素、高血糖の弊害

昨日は今をときめく自律神経免疫論のA先生の講演を聞きに行った。
もっとエラそうな先生かと思っていたら、結構イイ人っぽい。
言葉に東北なまりがあって、ゆっくりしゃべるので、それだけで
なんだか信頼できそうになるから不思議。
「低体温、低酸素、高血糖」が悪いという。

原理は難しかったけど、要するに体を温め、意識して呼吸をして酸素を
取り入れ、必要以上に甘いものはとらないということ…かな。
付近を散歩中にニチニチソウ、そしてマリーゴールドを見かけた。

肩が張らない食事療法

がん患者に対する有名な食事療法にゲルソン療法がある。
徹底して食材・食事コントロールをするもので、欧米ではかなり普及しているという。効果事例も紹介されているが、体に大きな負担のかかるこの療法はわれわれには合わないと思った。

そこで有機野菜と玄米食を中心とした「肩の張らない」方法を実践することにした。
末期がんから生還したK氏が主宰しているNPOの食事療法がそのベースとなった。

すっぱい黒にんにく

にんにくって体によさそうだけど、そのままでは食べにくい。
料理に入っているとあんなにおいしいのに、そのものだと食べにくい。
ということで見つけたのが「すっぱい黒にんにく」。
黒になったということは、熟成しているということでそのために、匂いはほとんどなくなっているとか。
味も悪くない、これなら毎日食べられるってもの。

一度、デパートの物産展みたいなところで買って、その後は電話で注文してお取り寄せしている。

体と心にいいことは何でも続ける

会社を退職してオクの時間はたっぷりできた。
体と心によいことを十分実践できる余裕が生まれたのだ。
それは体温を高め、リンパ球を増やすことにプラスに働くであろう。

早起きして公園をウォーキング、うっすらと汗をかいて自宅に戻れば
新鮮なジュースが待っている。有機人参、レモン、りんごを圧搾器で
搾って作るジュースは濃くて甘い。

お昼には小松菜のジュース、
そして夜にはまた朝と同じ人参ジュースだ。

白梅に紅梅が

朝のウォーキングで不思議な梅を見つけた。
白梅なんだけど、一枝だけピンクの梅に。
紅梅の花粉がついたのかしらね。

それはひとつの枝にいくつもの色の花をつける「思いのまま」という
種類の木だと後日わかった。

自宅で気軽にできる気功

ホリスティック医学のO先生にかかるようになってから、オクは
気功を始めていた。
埼玉の病院にある道場は遠いので、三鷹の道場に通って基本を身に
つけた。
長い間太極拳をしていたのでわりあい早く要領をつかめたようだ。

今は自宅で時間を見つけては行っている。
そして週1回程度のペースで三鷹の道場にも通っている。

ゲゲゲ探訪？

正午過ぎに調布の深大寺へ。
三鷹まで行ったので、帰りに寄ろうとトノ。
平日だけど、さすがにテレビ（ゲゲゲの女房）効果？で結構な人出だ。

定番の「鬼太郎茶屋」もちょっとのぞき…。
すぐ近くのシャレたお蕎麦屋さんでランチした。
おろしたっぷりキノコそば。
1200円はちょっと高めだけれど、たしかにキノコもおろしも
たっぷりで満足。

3. それでもオクは元気に

転移が発見されたとはいえ、
オクに自覚症状はない。

会社を退職して二人三脚で療養しながらも、
オクは投稿誌の編集だけはこれまでどおり続け、
社会活動にも参加している。

ブログも相変わらずの明るいトーンだ。

しかしオクの毎日の味わい方には、
もしかしてこれが最後に？
との思いもあったような気がするのだ。

市民講座の最後は健康カジノ

オクが企画した市民講座の最終回。

最後は盛り上がってもらおうとカジノを。
全員にブラックジャックとルーレットを体験してもらう。
皆さんの声がどんどん活気にあふれてきて、子どものように喜色満面に。

印象的だったのが、初回の自己紹介で「長年介護をしてきた妻に先立たれて、腑抜けのようになって引きこもっていたけれど、それではいけないと思ってやっと出てきました」と言っていた60代の男性が、ブラックジャックで大きな身振りとともに夢中になっているのを目にしたこと。

仕込みは大変だったりもするけれど、イベントは楽しい！

高野山は雪、下界は桃源郷

久しぶりに和歌山のトノの実家に行った。

その前日は高野山の菩提寺に宿泊。
さむっと思ったら雪が舞っている。
このお寺、もともと外国人の修行僧が多いが今回は特にすごかった。
朝のお勤め読経の中心は日本に帰化したスイス人、護摩を焚くのはドイツ人。ほかにもフランス人、イタリア人、そしてクロアチア人の尼僧までいた。

お勤めのあと外人観光客に「ボンジュール、ボンジョルノ、グーテンターク…」などと言って説明していてここはどこ？って感じ。
おかげで洋式トイレが増えたのはうれしいし、今回はウォッシュレットまで登場していた。

零下４度の高野山から下りてきたら、そこは桃源郷で桃が満開！
37年前に婚約の場となった同じ場所でまた記念スナップを撮った。

今日（3月30日）はオクと姑の誕生日。姑ったら、
「あれ、おまん（あなた）と10（歳）ちごうたんかな」だって。
ちゃうちゃう（違う違う）、お姑さん、私たちは26歳違うのよ。

ラジウム温泉でホームレス（?）タイム

がんに効くという玉川温泉、その予約がとれたので温泉療養に！

道中疲れないようにと秋田空港からレンタカーで、道々景色を楽しみながら…
春というのに温泉は雪に閉ざされた山の中にあった。

古いダウンコートを着て丸めたゴザを抱え、雪のチラつく野外の岩盤浴地帯へ。
岩陰にゴザを二つ並べて寝そべる姿は仲の良いホームレスだ。

俄かに引っ越し

今のマンションは狭く古く、療養環境としてはあまりに貧弱。
それで、ほど近いオクの実家に引っ越すことにした。
２年前まで義母が住み、リフォームもされて車を置けるし庭もある。
何よりオクが育ったところだ。

あとさき考えずにともかく引っ越して、ゆっくり療養することにした。
トノの事務所も新しい家の一角に移転した。

グリーンを買う

ホームセンターに買い物に。突然トノがリビングに置くグリーンを
買いたいと言い出した。
「世話が大変だからいらないんじゃない」と渋るオクの声にも、
トノは耳を貸す気配はない。

「あそこに置いたらいいと思うぞ」「……」
「あれなんかどうだ？　これもいいな」
「どうしても買うならこっちかな」
「そんな地味なのより、パァーッとしたあっちのほうがいいじゃない」
「そういうのはすぐ枯らしちゃいそうだからイヤ」

「あれあれ、あれなんかどうだ」
「私はこっちがいいの！」

「結局、いっつもおまえの言うとおりになるんだからなぁ…」
はあ？　私は買いたくないと言っているんですけど！

トノの理想の会話——
「あれなんかどうだ？　これもいいな」「そうね。いいわね」
「どっちがいいかな。こっちかな」「私もそう思うわ」

わかっちゃいるけど、よほど下心があるときじゃないとそこまでサービスはできませんって！！

鏡台ねぇ…

引っ越しに備えての家具選びに、近くの店を回る。
トノがおもむろに切り出す。
「あのさ。オクにぜひ買ってあげたい家具があるんだ。
今までなくて申し訳なかったと思っているよ」

？？—何？　珍しいことをのたもうものだわ。
それは、鏡台だった。
テレビなんかで、寝室でお風呂から上がった奥さんがお肌の手入れなんかしている —— あれをどうもイメージしたらしい。
そういうのに男ってそそられるんだろうか？

「気持ちはうれしいけど、今までも洗面所で間に合っているんだから、なくていいよ（いらないよ。家具が増えて狭くなるだけじゃん）」

オクがやんわり断ると、トノはなんだか残念そう…。

捨てる vs 拾う攻防戦

引っ越しに先立って、実家の物を整理した。
オクが捨てるもの残すものを仕分け、捨てるものをトノが
燃える、燃えない、資源ごみ、粗大ごみとに分ける。

のはずだったのに、
オクが「捨てる」箱に入れたものをしばしばトノが拾うのだ。
「あれっ！　これって捨てるほうに入れたはずだけど」
「だってこんなにいいもんだよ。もったいないよ」
だけどそんなこと言っていたらみーんな残ってしまうじゃん。
もったいなくても今後使う見込みがないものは捨てるのじゃ！
トノはしぶしぶまた捨てる箱に戻した。

あとで物置からそれらがドッサリ見つかった。

妻のストレス原因は…

昨晩、テレビで「こころの遺伝子」という番組を見ていたのであります。ピアニストの辻井伸行さんが出ていたから。

ショパンコンクールに出場するという山場にさしかかったころ、
お風呂から出てきたトノが話しかけてきたのであります。
駅で買った夕刊紙で仕入れた、某会社の会長のゴシップ話を。
テレビから目を離さず、気のない返事をしているんだから気付けよ！
って思うんだけど、空気読めないトノは延々と話し続ける…。

ついにオクの堪忍袋の緒が切れる。
「感動的なテレビ見ているときにそんな話しないで！」
「あ、気が付かなかったごめん、ごめんごめん」（トノ退場。しばし平和が戻る）

そして、クライマックスの「ヴァン・クライバーン国際ピアノコンクール」の場面に。
「ガサゴソ、ガサゴソ、ガサゴソ」と雑音。
トノがゴミ出しのための整理を始めたのだ。

あああぁぁぁ……なんで今なん？
あと 10 分がどうして待てないんだろ。
と、オクが思っていることなんて全く気が付かないんだろうなぁ〜。

世の夫たちよ、
こういう無神経さに妻はくたびれるんだけどなぁ〜。

ここで文句を言うのも興がそがれるから、なんとか画面に集中することで乗り切ったけれど。

オク待つわが家の灯

二人三脚での療養は順調に推移。
「よく抑えられている」と先生が言うように腫瘍の広がりは
目立たなくなった。
オクとトノの平穏な日々、そして時々は温泉旅行やコンサートなどに
出かける。いっそう密な二人の時間を刻めるようになった。
リンパ球は30%を超え、ほぼ健康状態の数値であった。

引っ越した今度の家は線路と駅からほど近い。
授業や仕事からの帰り、電車が駅に近づいて速度が緩むと黄昏の中に
家の灯りが見える。
オクが待っているわが家だ、ときめきは昔よりずっと大きい…。

しかし、もしそこにいないとなれば…、
いや、そんなこと考えたくもない。

第5章

ひとときの幸せ、
そして別れのときが…

（2010年7月～2011年1月 by トノ＆オク）

1。平衡感覚が、視界も…

気持ちが悪くなり、朝のウォーキングを途中で切り上げて
帰宅したオク。
足がふらついている、平衡感覚が変だ。
視界が乱れてモノが二重に見えるともいう。

もしやひょっとして…、トノに緊張が走った。
オクは床に就いた。

オクはそれでも体調のいい時間を縫うように
ブログを発信し続けていた。
これまでと同じように明るく…

ネットとの格闘

オクの病状についてトノはネットで調べまくる。
脳転移の可能性が…。
その場合は、外科手術か放射線の全脳照射が一般的らしい。

しかし新たにガンマナイフ治療が生まれている。
ヘルメット状の機器から200ものガンマ線を一点照射して腫瘍患部を焼く。ただし直径3センチまでの腫瘍が対象のようだ。

日本で施術している医療機関は？　各機関の扱い実績は？
そこにどんな先生がいるのか？

深夜には、もし脳転移とした場合の対応イメージが大体できた。
そしていつもかかっている0病院にFAXを送り、切羽詰まった悲鳴を伝えた。
翌日、診療開始の9時半に担当看護師に電話、すぐ来てくださいとの返事を得た。

脳転移だった

CT、MRI、その他いくつもの検査でオクはへろへろ…。

O病院の副院長は脳外科担当、穏やかで優しそう。

３センチ大の腫瘍が確認された。

すぐにガンマナイフ実績の豊富なT病院への紹介をお願いした。

翌日T病院を飛び込みで受診、１週間後の手術が決まった。

手術が無事終わる

頭に半球の器具をかぶってネジできつく固定される。
想像していたとおりだ。
利発そうな看護師さんに案内された部屋での待ち時間は、不安よりも何よりも、今こうして手を取り合って生きている、そんな不思議な充実感を覚えた。

やがて現れた執刀医、
物静かだけどいかにもデキそうな青年で信頼おけそう。
彼は「腫瘍が大きいので手術を2回受けるつもりでいてください」と言った。

2時間後に無事なオクとゴタイメン、元気そうでトノは安心。
その晩は「念のため入院」して翌日には退院できた。
しばらくは自宅にこもって療養に専念する。

母の三回忌です〜そしておこもり

今日は仙台のお寺で母の三回忌をする。
もう丸２年が経ったということだ。
「過去を悔やまない、明日を思い煩わない」とても現実的な人だった。
私もそうありたい。

世間はとっても暑いということもあり、しばらく世俗を離れて、
おこもりすることにしました。

交換メール

仙台での法事はトノがとり行い、ワカ１はオクのそばに残した。

「大失敗！　法要の段になってお線香の買い忘れに気づいた。
頭の中真っ白だったみたい。親戚のオバサンパワーに助けられて無事
終わりました」とメールでオクに報告。

すぐにオクから「よかった、ありがとう。お疲れさまでした。
私は寝たり起きたり。今はわりと調子いいかも。早く帰ってね」の
返信があり、オクの体調を気遣っていたトノは一安心した。

療養は続く

自宅療養の間も、治癒力を高める努力は続けられた。
体力も徐々に回復し、平衡感覚や視界も元に戻った。

オクは、納戸の中に山積みだった今までのアルバムを整理した。
少しずつ、ゆっくり、ゆーっくり…と。

おこもり仕事――20年間を整理

3週間こもって？いたけれど、いちばんの大仕事はアルバム整理。
なにしろ、20年も手つかずだった！
思い返せばそのころから仕事が忙しくて「今日が来て、明日が来て…」
状態だったかも。

整理といっても単に時系列に並べるだけだけど、なにしろ膨大かつ
散逸！　古い写真には日付が入ってなくて手こずる。
多少ぐちゃぐちゃになっちゃったけどまあそこは妥協して終了した。

だ・け・ど…これって私たちの楽しみかもしれないが、結局のところ
は子どもたちにとってはどうなんだろう？？

ハムが玄関に…

えっ？と思った。
だってハムやソーセージが玄関に散らばっていたのだ。
なに？　なに？　ハムたちみんな大汗かいているよぉ〜。

想像するに、クール宅配便でハム類の詰め合わせが届いた。
トノが受け取って、包みを開いて中身を見てみた。
で、中を取り出してみた（←なにも玄関でやらんでも…）。
そこに電話が入って、トノは別室へ。
そしてそのまま忘れ去った。

ううむ…。とりあえず冷蔵庫に収納。
大汗かいてはいるけれど、それほど時間は経過していないようでよかった。

もともとトノは忘れっぽいけれど最近は特に気になる。
先日もナンだか臭うと思ったら糠漬けのふたが開き、かき混ぜ中のままだった。
何かに気をとられるとすっかり忘れ去ってしまうのだ。

2回目のガンマ手術

1カ月後の検査。大きな腫瘍は小さくなっていたのは朗報。
しかし小さい腫瘍がところどころに生まれていた。

そして2回目の手術。
とどこおりなく済み、その日には帰宅できた。

しかし大量のステロイド薬を約1カ月続けることになった。
せっかく上向いた治癒力にマイナスとならないだろうか？
それが不安。

オクの体調は悪くない。
徐々に手術前の日課に復帰して、外出もできるようになった。
トノとの日常も戻った。

ノートパソコン抱えて…

オクがノートパソコンを抱えてリビングルームに移ろうとしていると…、
トノが声をかけてきた。
「やっぱりあっちのほうが落ち着くの？」
「うん。まあね」

で、トノがお風呂に入ったら、オクはまたまたノートパソコンを抱えて
自分の机に戻ったりして。

つまり、要するにうるさいのよね。
オクの机とトノの机はすぐ近くにあり、トノがパソコンをしている間は、
「くそっ！　どこへ行った？」とか「あれ？　なんでこうなるの？」
とか、パソコン相手にいろいろつぶやくのだ。
それで、わたしゃノートであることを幸いと移動している。

でも、それをモロには言えないよなぁ〜。

公園掃除の若手？

引っ越し先の町内老人会から公園掃除のお知らせ。

「参加するかな。そのほうがいいよな」とトノは迷っているみたい。
「そうねぇ。好きにすれば。どちらでもいいよ」と言うと、
トノはなんとなくご不満な様子でグズグズしている。
何がご不満？
トノとしては「そうね。ご苦労さまだけど行ってくれる？」と言われたいらしい。
オクとしては、参加するのはオクのためってワケじゃないから、
「ご苦労さまだけど…」というフレーズは出てこないんだなぁ〜。

結局、オクは散歩に出かけていたけれど、トノは参加したらしい。
帰りに見たら公園はとてもきれいになっていた。

「公園、きれいになっていたわね」
「そうだろう。いちばんの功労者は誰だと思う？」
「そりゃいちばん若いトノでしょうが」
「そうなんだよ。大活躍さ」と得意顔。
うーん、子どもみたい。そこもまたカワイイけれど。

2。咳が出てきた

2回目のガンマ手術の1カ月後検診では、
腫瘍はほぼ抑えられているとのこと。
平衡感覚や視覚にも異常はなく、
オクはブログも続けている。

しかしときどき軽い空咳をするようになった。
特に線香の煙が気になるという。

気になるトノは、ほかのことには注意力散漫となり、
ポカは以前にも増して激しくなった。
「俺も老けちゃったなぁ」と自虐ネタにしているのだが…。

37 回目の結婚記念日

本日は37回目の結婚記念日だ。
とはいえトノは会社の例会に出かけ、記念イベントは先送りに。

片付けをしていたら、結婚式のときの芳名帳とか席次を決めるアレコレ、進行予定表などなどいっぱい出てきた！
アトラクションの台本みたいなものまで。
すっかり忘れていたものだけど、とってあったのねぇ…。

うーん、捨てるに捨てられない？
でも不用品には間違いない。
どうしたものか…思案してまた元に戻してしまう。
うーん。

また和歌山へ

甥の結婚式があるので一緒に和歌山へ。

トノが12時発だと思い込んでいた飛行機は実は13時発だった。
で、羽田で1時間以上時間つぶし。
まあ、逆で乗れなかったというよりいいけど。

その翌日は帰省した実家に眼鏡と折りたたみ傘を忘れた。
極めつけはダブルの略礼服を持参したつもりが実は黒のフツーのスーツだったことが式直前に判明！
今さらどうしようもないのでそのスーツで列席したけれど…。

そんな事件が頻発、本当に大丈夫か？　トノ！

早すぎ！　自画自賛

トノ、午前中にホームセンターに行ったと思ったら、カーポートの端にコスモスを植えた。可愛いけれど。

「俺って繊細だよなぁ～」

そして、午後からは納戸に棚を吊る。

たしかに便利で役立つけれど、「俺って本当に器用だよなぁ～」と自画自賛が先行すると、こちらで褒め言葉を用意していても言うチャンスがないじゃん。

トノにしてみれば、オクが何も言わないから待ちきれずに自分で言うのだってことだろうけど、自画自賛が早すぎだって。

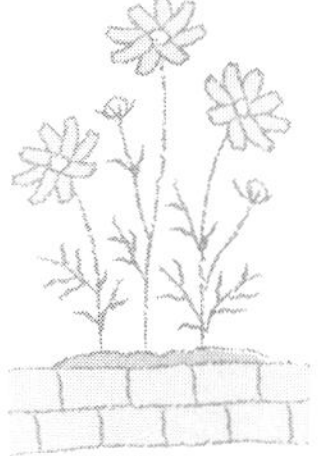

方針を変えないオク

このごろオクはよく咳込む。
それを聞くたびトノは気持ちがピクリとする。

肺はどうなっているのか？
「臨時の診察受けてみようか？」（抗がん剤に切り替えたらどうか？）
とさりげなくオクに聞いてみる。
「受けてどうなるものでもないから」（オクはあくまでも方針を変えないつもりだ）
トノはそれ以上何も言えないし聞けなかった。

二人の口から「亡くなる」という意味の言葉はいっさい消えた。
今まで続けてきた療養の努力をいっそう気持ちを込めて行うことがすべてだった。

すがる思いで、車で２時間半の山梨の温泉に出かけた。
ところは増富温泉。そのラジウムは玉川温泉並みとのことで、
やはりがん療養者が多い。

2時間半で温泉に

お昼を食べてからのんびり家を出た。
中央高速を須玉で降りて30分ほどで着いたのが増富温泉。
紅葉にはまだちょっと間がある感じだけど、お天気がよくて気持ちよかった。さてさて肝心の温泉はどうかな。

午後からちょっと近くのクリスタルラインをドライブ。
空は真っ青、山は紅葉真っ盛り。
渓谷沿いはミニ奥入瀬のよう。
夕食は野菜たっぷりでヘルシー。
朝もまた温泉に入って、ランチまでの間、渓流沿いにドライブ。

ときは秋だなぁ〜。

幹事のオク、同期会を急ぐ

このところオクの体調がすぐれない。
少し動くだけでハアハア息切れ、階段の上り下りも困難。

そのオクは、女子校の同期会を急ぎ、年内開催となった。
電車での移動もしんどいというのでワカ１が車で送った。
夕方、オクの同級生に伴われてタクシーで帰ってきた。

同期会で～す！

オクの女子校同期会。
オクがなぜか幹事のメーンでMC（司会進行）も。

それにしても今朝電話してきて「今日、出られるよ」って人がいた。
もう立ちっぱなしは辛い年齢だから今回は着席式での会、なので料理が用意できない。最後は納得してくれたけれど。ふぅ～シンド！

先生方の長話や、アピールタイムの飛び入りがあったりしたけれど、
みんなたっぷりおしゃべりできて満足だったみたいで、よかった。
中学入学50周年記念と銘打ったオクのお誘い文にも、「よかった、それで出る気になった」と言ってくれた人が何人もいて幹事冥利につきる。うれしかったなぁ～！

緊急入院

オクの体調が悪い、歩くのも辛いほど。
そんななかで定期診察日を迎えた。
レントゲン写真は…、肺の腫瘍が急激に広がっている。
「すぐに入院しましょう」とＯ先生。
トノの頭は真っ白、視界は灰色、椅子に座っていられない。
気をとりなおして、オクを見ると…、平静だ（と見えた）。
自覚症状からある程度予期していたのか？
一旦帰宅して入院準備…。
ハンドル持つ手が震えっぱなし。

そして病院に出かける前のこと。
オクは家の中をゆーっくり眺め回した。
ここで育ち、最後の住処となるかもしれない家を目に焼き付けているのにちがいない。

お休みします

よんどころない理由もあり、
われながら最近つまんないということもあり、
しばらくお休みします。
ご愛読いただいている皆さま、ごめんなさい！
（オクのブログはこれが最後となる。）

3。とうとうその時が…

つい数カ月前には「よく抑えられている」と言われて喜んだ。
俺に任せろと張り切って、
二人三脚で精一杯療養に取り組んできたのだが…。
脳転移→大量のステロイド→免疫力低下→肺腫瘍膨張…
となったのか？
当時30％を超えて健康値に近かったリンパ球の割合は
10％台に激減していた。

顧みると、チャンスは何回もあったはず。
手術直後あるいは転移直後に「細胞免疫療法」の存在を
知っていれば…
途中で抗がん剤微量投与に方向転換する手はなかったか？
もう少し早く脳検査を受けていれば…悔いが悔いを呼ぶ。

だが現実を平静に受けとめようとするオクが目の前に…。
今は元気を振り絞ってぴったり寄り添うしかない。

オクはずっと続けてきたブログも自ら休みを宣言していた。

入院してから

入院してしばらくは症状が落ち着いていた。

病室に二人だけの時間が流れる。

これまでの日課はできるだけ続けることにした。

オクは毎朝トノやワカ１が届ける新鮮なジュースを飲み、

病院内の朝の気功に参加する。

枇杷《びわ》の葉灸の施療を受けているときに見せるオクのくつろいだ顔は

えもいわれぬ。

二人の記憶は出会いから新婚時代に飛んでいた。

今ここにともに生きている。幸せ感が二人を包んだ。

面会時間が過ぎ、別れてからも愛情の交換は続いた。

メールという形で…

おやすみ！

「ひとまず安心しました。
お風呂も心身さっぱりすると思うので、調子みて入ったら？
明日また新鮮なジュース作って持って行きます。
10時ころかな？　おやすみ。愛してる！」

「ジュース飲んだし、おにぎりも2個とも食べて、
お風呂もさっと入りました。眠くなったので寝ます。
愛想なしでごめんなさい」

おはよっ！

「おはよっ！　調子いかが？　今向かっています。
10時半ごろ着きそう。晴れわたって富士山がきれいに見えるね」

「了解！　息はわりと楽です。気功教室のあとは音楽セラピー。
でもあなたがそばにいることに慣れすぎてしまったみたいで
さみしい…。早く来てね」

電話いい？

「もう寝てる？　気分どう？　今電話いい？」

「寝ようとしていたところ、電話いいよ」

さっき別れたばかりなのに、病院のこと、家のこと、マゴのこと…。
話をしているわけではない。
お互いの声のメロディーを味わっているのだ。

あなたがいるから…

「あなたの笑顔を守るために私がいる、そんな気がする。
あせらず、ゆっくりいきましょう。
この前の結婚式の写真届いたので明日持って行きます」

「ありがとう。
あなたがいなかったらすでに生きていないような気がします。
でも足手まといばっかりだねぇ」

「あなたがいるから頑張れる。どんなときでも、あとにも先にも
かけがえのないパートナーです。
頑張りすぎない、あきらめない、夢を捨てない、愛を信じること…。
あれっ？　これって、まっさん（さださん）の言葉だ！」

「ありがとう…」

酸素吸入管がついた

オクの平静さは変わらない。
しかし立居振舞はゆっくりになってきた。
動くと呼吸が苦しそうなのだ。
トノの肩や腕につかまってそろりそろりと歩く。
か細くなってしまったオクの腕を支えながら、トノはあふれそうになる涙を必死でこらえた。

病室に酸素吸入管が付けられた…。

帰らないでここにいて！

昨日は出張美容師さんに髪を整えてもらい、オクはすっきりときれいになった。
今日も夕方、いつものようにトノが帰ろうとした。
すると、
「帰らないで一緒にいて！」
初めて聞くオクのわがままの言葉だった。
トノはオクの肩に手を添えたまま、底冷えする一夜を過ごした。
その手にいっぱいの思いを込めて。

翌日、付き添い用ベッドが運び込まれた。

ひとときの幸せ

背を立てたベッドで、
ひと息、ひと息、オクはかみしめるように呼吸している。
付き添うトノも、肩を撫で手を握り、一心同体で耐えている。

そんな日々にも「至福の時間」はあった。

ベッドに座ったオクの足元で、冷えてむくんだ足を両手で包み込んで温める。
「こんなおばあさんになってしまって…」とオクがつぶやく。
しかしトノに見えるのは、妻の顔でなく、母のでもなく、可憐な天使のKちゃん（オク）の顔。

足さすり　背なに手をあて　うねりくる
苦しさ耐えつ　夢覚めよと願う

何か話して！

会話もおっくうになりオクの口数が減ってきた。

弱々しく「何か話して！　あなたの声を聴いていると落ち着くの」
いつもの「お願いだからしばらく静かにしてくれない？」では
なかったのだ。

涙でぼやける視界のなかで、トノはとりとめなく話し続けた。

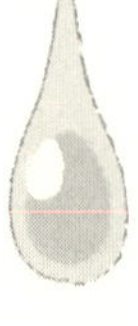

ずっとずっと一緒だよ…

オクは酸素吸入管をつないだボンベ車を自分で引きずってトイレに…
そして戻ってベッドに横になった。
「気持ちい〜、ちょっと横になるわ」
そして眠りについた。
病室の隅でトノはパソコンを開いて、明日の授業の準備をしていた。

オクは自分で動けるし食事もトイレも自分でできる。
点滴も導尿の管もない。
二人の時間はまだまだ残っている…とトノは思っていた。

が、ふと目をやると…
呼吸が乱れて意識は混濁、主治医を呼んだ。
「危篤です」
「そんな〜っ」トノは茫然。

トノはオクをきつーく抱きしめ、懸命に呼びかける。
「Kちゃん、愛してる。ずっとずっと一緒だよ」
オクの目から涙があふれてこぼれた。

トノはオクの胸の動きが止まったのを感じ取った。

～追想～

オクとの出会い

就職を控えて英会話学校に行った。
そのころの私は（今もたいして変わらないが）、金ない、ダサい、
背が低い、の三拍子そろった「モテない」標本のようだった。
唯一の取り柄は何事にも一生懸命なこと。
でも夢はいっぱいあったかな？
新しく学んだフレーズなどを毎日ガリ版プリントで刷って配り、
すすんで行事の雑役をこなしていた。

同じクラスに、背が高いこと以外はあまり目立たないが、
感じのいい子がいた。
私は彼女の声に惹《ひ》かれ、英文の朗読を聞いていると
陽だまりにいる気がした。

彼女は会うたびに、そして歳を重ねるごとにきれいになり、
愛おしさも深まっていった。

それはずっと進化し続け、そして今もなお…。

沈丁花みっつけた！（オクのブログより）

土曜日はとっても温かでした。

オクは、サークル仲間と遅〜〜〜い新年会。
目白駅から川村学園側をブラブラお店に向かっていたらいい香りが…。
沈丁花だった！　なんたる早さ！！

この香りをかぐと思い出す。
家の前まで送ってきてくれたカレと別れがたく、
そのままずーと立ち話をしていたことを。

当時の私は、超ミニスカートで、だんだん冷えてきて…
でも心はホカホカだったっけ。

カレがトノになりました…。

第6章

その後のトノ ——
今日より元気な明日を！

（2011年1月〜　by トノ＆ワカたち）

1。トノ、極ハイになる

オクのブログは５年間ほぼ毎日続けられていたが、
トノはそのことを全く知らなかった。

目の前でブログに載せる写真を撮り、
携帯でアップロードしていても、
そこに気が回らなかったのだ。

ブログのことを教えてくれたのは
会社の仕事仲間の女性だった。
トノが初めて目にしたブログ、
それは肺への転移を告げられた週に書かれたものだった。

哀悼…（オクのブログ）

若い友人のお葬式はカトリック教会で厳粛に行われた。
洗礼を受けたちょうど40年後の同じ日に神に召されたという。
神から祝福されて天国に迎え入れてもらえたことだろう。
キリスト教では神父さんが故人について語り、喪主も故人がどのように生きたかを語る。
これはとてもいいことだと思う。
その人がどう生きたかを皆の胸に刻むことができる。

そういえば伯母のお葬式では、孫の女性が故人について取材して、どういう人でどう生きたかを参列者に紹介していた。
祖母の人生に寄り添ったとても心に響くスピーチだった。
その土地の風習？
いや、孫娘としての祖母への愛がそうさせたように思う。

私が死んだとき、私の人生を誰がどう総括してくれるだろうかとふと思った。

トノの回路は高速回転

そのブログ記事を読んで、ボロボロのトノが極ハイ状態になった。
オクの友人には病気のことすら知らせていない。
「俺がオクの人生を総括してやる。最高の別れの場を設けてやるのだ！」トノの回路は高速回転しだした。

次々と指示…が繰り出される。
こうなるとだれ〜も止められないのはワカ１もワカ２もよく知っている。たちまち世話役チームが組織された。

あとはやるから引っ込んでて…

トノの速射砲が続く。
お通夜の時間のあとに「お別れ会」を催す、その内容は世話役の皆さんにお願いする、メールでお別れメッセージを受ける。
会葬御礼状はオクの人生がわかる手作りリーフレット、
祭壇は『風のガーデン』（イングリッシュガーデン）調、
お別れ会の曲は…、見送る曲は…

たまらずワカ２がトノを制した。
「お父さんの気持ちもやりたいこともよーくわかった。あとはボクたちがやるから、お父さんは引っ込んでて！」
バトンはワカ２や世話役たちに引き継がれた。

トノの仕事は二つ

そのあとトノが没頭したこと、
それは、眠るオクの傍らで、次々に入るメールメッセージを
整理・編集していくこと。
そしてオクが日ごろ使っている化粧品と、親しい仲間・友人なら誰も
がわかるスーツ、ストールを探し出すことだった。

「いつもの服装、いつもの化粧でみんなとお別れさせたい」

当然送りびとへの注文は多く「オクらしい姿」を実現するために納棺
まで何度も立ち会った。

お別れ会でにらめっこ

君を朝まで見つめてる　君を心に刻みつづける
覚悟の別れを知るように　風もその息を密《ひそ》めてる
先に逝くもの　残されるもの　残されるものもやがて逝くもの
大いなる旅を行け　星達の声を聞け…

お通夜のあとのお別れ会は、谷村新司さんの『流星』で始まった。
オクとトノが初めて行った谷村さんのコンサートで、心をえぐられるような感銘を受けた曲だ。
用意したリーフレットは底をつき、あふれた会葬者はテレビで参加。
世話役が流すビデオ映像とともに進行していった。

ワカ１の挨拶の一文で会場のみんなが「えーっ、そんなバカな」。
空気が固まり、にらめっこ状態で時間が止まった。
「母はどちらかといえば無口で柔和…」の一言に。

家族が知るオクはおしゃべりではなかった。
友人や仲間が知るオクはとてもおしゃべりだったようだし、柔和でもなかったようだ。
家族がオクの実像を知ったのはその後のこと、仲間から証拠のビデオを見せられてからであった。

トノ、最後のお別れで固まる

告別式の最後、縁者・友人がお花を手向けた。
棺を閉じる、その直前のこと。
トノが棺に上半身を投げ入れてオクを抱きしめた。
両手をオクの背中にまわしてきつーく抱きしめ、口づけしている。
その状態のまま動かない。時間が流れるがトノは固まったまま。

周囲はもらい泣きからざわつきに変わった。
両脇からワカたちに引っ張りあげられてようやくトノは立ち上がった。
やがて会場に音楽が流れた。

あの海を渡って　故郷に帰ろう
君の手を離さずにずっと歩いてゆこう
あの橋を渡って　故郷に帰ろう
君は手を離さずに僕についてくるかい.

オクは、トノの涙と、二人が大好きだったさだきんの『帰郷』の曲に
送られて旅立っていったのだった。

その後、トノが全身全霊を込めて準備したお別れ会は、葬儀業界誌の
トップを飾った。
いろいろあった葬儀だけど、「オクの人生を総括する」と息巻いた
トノの思いは十分達成されたのではないか。

2。トノ、うつになる

オクの葬儀で完全燃焼して、
少しはトノも気持ちに区切りがつくか？

トノは常に前向きで元気、猪突猛進だった。
一時悔やんでも何かをつかんですぐまた立ち上がるだろう。

そうした周囲の願いもよそに、
トノはふさぎ込んだままだった。

こりゃあうつだ

トノの一日。

机に向かっても、昼過ぎには気分が凹んで何もできなくなる。
市の有線音楽「月の砂漠」が流れる夕餉《ゆうげ》の支度どきにはボトムになる。
夜は眠れない。
ほとんど吸わなかったタバコにのめりこむようになった。
１本吸い終わったらまた１本、箱が空になるまで続く。
口の中が苦くカラカラに乾く。
腕が震えて車のハンドルも握れない。
58kg だった体重は２カ月で 48kg になっていた。

こりゃあうつだ！
たまらず最寄りの心療内科に駆け込んだ。

東日本大震災が発生したのはその時だった。
心も思考も錯乱の中で、二重の悪夢にのみ込まれていた。

心療内科もいろいろ

駆け込んだ心療内科はチトひどかった。
2回目に行ったら最初の医者は辞めたという。
代わった医者は問診のときに初めてパソコンのカルテを開いた。
調子がよくないと伝えたら、こともなげに「それじゃ薬を増やしましょう」。こりゃだめだ。

ネットで調べたら、都内の診療内科や精神科の医院は400カ所もあるが評判もさまざまだった。

「うつ宣言」

「私はうつです」
トノは親しい友人や仕事仲間に打ち明けた。
友人の一人が、評判の高い心療医を紹介してくれた。

しかし予約がとれたのは1カ月先だ、いい先生はやっぱり…。
仕事仲間はトノの担務や役割を調整してくれるという。
ありがたいことだ。

「うつ」ってどんな病気？

１カ月後にその心療医を訪ねた。
トノは症状と経過を書きまとめたレポートを携えていた。
心療の初診は、時間をかけて患者から症状を聴取することで始まるとわかったので、念入りに準備していったのだった。

歳はトノと同じくらいの女医さん。
レポートを褒めることから始まり、「ゆっくり治していきましょう」。

その先生にトノは質問した。
「うつって、科学的にはどんな病気ですか？」
わかりやすい答えが返ってきた。
脳内ホルモン（ノルアドレナリンとかセロトニンとか言っていた）が減ってしまうのだそうだ。
抗うつ剤はそれを補い、睡眠導入剤はよく眠ることでその生成を助けるということだった。
だから午後になるとそのホルモンが切れて落ち込みがひどくなるんだ、なーるほどと納得。といっても凹みがなくなるわけじゃない。

レポート提出は受診期間中続いた。

3。トノ、がむしゃらに動く

うつになると一般的には何もできなくなるようだが、
トノはその逆でじっとしていられなかった。
家で閉じこもっていると気が狂いそうになるのだ。

半年休んでいた合気道に復帰。
気分はふらふら、体はこわばったままだが、
週２回決まって汗を流した。
オクの所属していた社会活動グループにも入れてもらって皆勤。
配偶者を亡くした者の会に入会したし、
誘われた老人クラブの会合にも出た。

およそ声をかけられたら何にでも見境なく参加したのだが、
それらはすべて夢遊病でのできごとのように感じられ、
帰宅するとすぐに寝込んだ。

ビジネス本の出版

気分がどん底で腑抜け状態のトノに、ビジネス本出版の話が舞い込んだ。
もともと大まかな構想はあったので、その話を受けることにした。

しかしなかなかはかどらない。
仕事仲間が後押ししてくれた。
「ほかのことは何もしなくていいので当面それだけやってください」

そう言いながらも仲間の叱咤は厳しかった。
放っておくとグズグズして前に進まないとわかっているからだ。
3日毎にメールで題材が投げ込まれ、トノはヒーヒーもがきながら消化していったのだった。

お墓でメシが食えるんか？

トノはお墓のことは、パンフレットを見るのも考えるのも苦しかったが、そうとも言っていられない。
半年過ぎたとき、一大決心をして取り組むことにした。
取り組みだすとのめりこんでしまうのがトノの性分。
連日現地見学に出かけ、お墓の勉強をした。

最初の見学でほぼ気に入ったものがあった。
ワカたちと話していた予算におさまり早速契約。
しかし次の「念のため見学」でもうちょっといい物件が見つかった。
お金は少し高くなるけど…。

で、見学のたびに少しずついい物件に出合い、そして前のをキャンセルして新たに契約。
最後にたどりついたのが造成中の霊園で、場所、環境も申し分なし。
その売り出し開始日に一番乗りして、最も気に入った区画を契約。

得意満面でワカたちを案内したら…二人とも目を剥《む》いた。
予算の倍を超える金額になっていたのだ。
「お墓でメシが食えるんか？」
「お墓の贅沢で金使うのはオクも喜ばないよ」とワカたちの非難を浴びることになった。日ごろケチなトノが、お墓にまで大枚を使うとは想定外だったのだ。ひと悶着のあと、
「これからも元気で働くから」のトノの一言で落着した。

稲と太陽と一生懸命

トノ家の新しい墓、最初の住人はオク。
トノのテンションはまたハイになった。
桜御影の石に真紅のプレート、これにはヨメの応援があった。
(そりゃあこの状況ではいいわとしか言えないけれど)

トノ家は先祖代々小百姓、どんなときもただコツコツと土に向かって鍬《くわ》を振るうことで生命のバトンをつないできた。
トノの父母はまさにそうだった。
仕事は違っても、トノもそういう生き方しかできない。
シンボルは「稲」だ。
それを実らせるのは「太陽」、やわらかな日差しがオクを象徴。
そして碑文字は「一生懸命」。
デザインはオクの活動仲間の木版画家がしてくれた。

この先子どもや孫たちが辛いことに出くわしたとき、この墓を前にして、ひたすらコツコツと励むことがトノ家のＤＮＡと思って元気になってもらいたいとの思いを込めた。

「俺たちこんな赤いのに入るのぉ？」と言っていたワカたちも諦観、もはやお金も絡まないので一言「オヤジに任せるワ」。

墓フェチ？

墓ができて３カ月、トノは毎週授業の帰りに車で立ち寄る。
霊園スタッフとも顔なじみになった。
オクの友人たちが、近くの深大寺と組み合わせて墓参りツアーに来てくれた。

「オヤジは今度は墓フェチかよ？」というワカ２に対し、
「まあまあまあ！」とヨメは寛大。
しかし仕事バリバリのその夫（ワカ２）は少し違う。
彼にとって父親はいつも元気な人種だった。
ヒマさえあればウジウジしてる老人が歯がゆいのだ。

「そろそろ気持ちを切り替えて、前みたいにバリバリやってくれ」、目がそう言ってる。詮ないことから抜け出して、力をまた発揮すべきだと、あくまで理性的だ。

「気持ちはワカル！　立場が逆なら俺もきっとそう言うだろうなあ。シカシ息子たちよ、もちょっと、ももうちょっと、もももうちょっとだけ、待ってくれい！」

男の料理対決

トノは仲間の誘いで社会活動合宿への参加を決め、イベントの
「男の料理対決」にエントリー。
レシピ片手に１カ月間の猛特訓で備えた。

モルモットはワカ１。
食には生来無反応で、出されたものをただ黙々と食べるだけだから
文句は言わない。
しかしたった一度だけ、蒸し過ぎてドロっとどす黒くなったブロッコ
リーを出したときは、匂いをかいで後ずさりされたのだが…。

競技本番は、筑前煮・チキン照り焼き・豆腐サラダで勝負。
こだわりの趣味料理を披露する有閑亭主どもに対する主夫の意地、
あくまで日常家庭料理にこだわったのだ。

結果は…、優勝にはほど遠かった。
「我流で、料理の基礎ができていない」との評価である。
しかし女性審査員の全員一致で敢闘賞をもらえた。

薄暗かった台所が、少しだけ明るくなった。

「ぞうに似」

ワカ１と二人だけのひっそり新年。

せめて正月気分を味わおうと、しかし色鮮やかなおせちセットを
嫌って単品買いした黒豆、数の子、きんとん、田作りを無造作に皿に
並べ、田舎から送られた干し柿を入れて作ったナマスを色物にする。

そして雑煮に挑戦！
しいたけ・昆布だしに、さといも、大根、人参…
なんでもかんでも鍋にぶち込んで薄口醤油をたらす。

席に着いたワカ１が一言「何これ？」
（正月で餅が入ってるんだ、見りゃわかるだろが！）

そして「雑煮に似てるね、『ぞうに似』だね」と言って箸をつけ、
それでも全部たいらげた。あーあ。

いったい何回言ったら…

「クッソー、ワカ1のヤツーッ」

ポケットにティッシュを残したままズボンが籠に投げ込まれていたのだ。おかげで洗濯物が全部ティッシュまみれ！

アイツはいつもこうだ。
シャツの袖は右左で裏表だし、靴下は丸まりパンツも脱ぎ捨て。
現物を見せつけてイケン、「いったい何回言ったらわかるんだ！」

しかし落ち込む理由はこれじゃない！
「いったい何十回言ったらわかるの、あなたは！」
今も耳の中に響くこだまのほうだ。

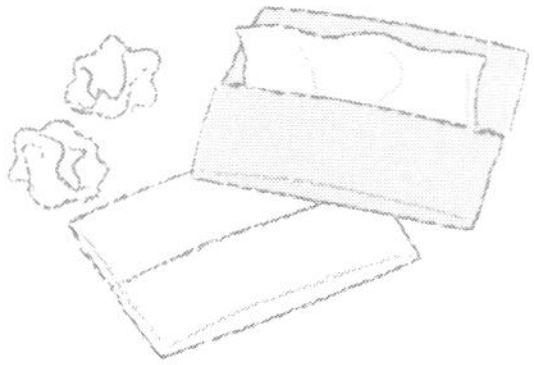

3回続けるトノの流儀

凝ったら3日は続けるのがトノの流儀。

田舎からたくさん送られてきた筍で料理に挑戦した。
筍の混ぜご飯、
初日は味が薄すぎた。
翌日は濃すぎて甘すぎた。隠し味の蜂蜜を入れすぎたようだ。
3日目には抜群のうまさに仕上がった、と思う。
ワカ1はひたすら無言で食べていた。

夏先のある日、体がかゆい、ダニか？
初日、天日干しが面倒で布団乾燥機をかけた。
翌日、ふとんの間に衣類用防虫剤をたっぷりばらまいて消毒とした。
3日目、防虫剤をまいて布団乾燥機でダメ押し、そしたら布団に防虫剤の臭いがうつった。

そしてまた次の日、結局は臭い飛ばしに天日干しをする羽目になったのだった。
噴霧式のダニ殺虫剤ってものがあると知ったのはあとの話である。

ねずみ捕獲！　カマキリは？

夏にねずみ出没で台所の野菜が食い散らかされた。
高い駆除料は払いたくないと、ワカ１は家中に罠《わな》を仕掛けた。
被害がおさまりねずみは退散したと思っていたら、今その罠にかかったのだ。
近所に引っ越してきたマゴたちも加わった人民裁判で、殺処分免じて多摩川河川敷の藪にトコロ払いってことになった。

マゴたちは網を持って現れた。
飼育を始めたカマキリの餌にするバッタをついでに捕るのだそうだ。
しかし都会っ子にはムリ。
結局手づかみ爺（トノ）の出番となる。
大量のバッタ、そしてコオロギ、ついでにトンボも捕まえた。
昔の技量は錆びてない。どうだ！

２日後マゴたちが報告に来た。
「カマキリがバッタに喰われちゃった！」
反乱軍の勝ちだ！

間が悪い、お節介、しかしありがたい！

チリッ、チリリリ、チリリリリ、チリリリリリ･･･。

やばっ！　携帯だ、なかなかなりやまない！
トイレで精神集中のさなかつうのに！
大急ぎで出た途端に、チリッ！
やっぱりあいつだ、妹だ！
かけ直したら「ただいま電話に出られません･･･」ったく！

あいつはきまって間が悪い。
この前は、鍋が噴きこぼれていたとき。
その前は、電車に遅れそうな玄関先でだった。
そのまた前も…

しかし根は善意で優しいのだ。
兄貴（トノ）がどんな状態で、気分でいるか？
よくチェックを入れてくる。
「ウン元気 元気！」の答えも、ホントがどうか聞き分ける。
トノの服装音痴も知り尽くしている。
新たな授業の登校前日にやってきて、明日の服装はこれでと
一式そろえていってくれた。
お節介オバサンだがありがたい。

三回忌には泊まり込んでオクの衣類を整理してくれた。
「これは捨てる山、これバザーの山、これは形見分け…」

トノが「これ捨てるんだね、わかった！」、
そして「捨てるのはいつでもできるからね、とりあえず」って、
また押入れの奥にしまいこんだら、妹は肩すぼめただけだった。
アハハハ！

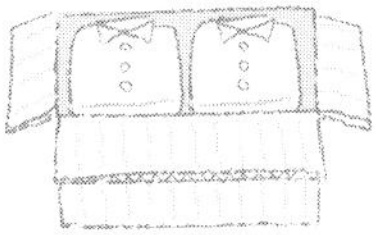

なぬーッ、息子が人妻と！？

トノがうつらうつらしていると突然電話が…
「○○（ワカ2）だけど今熱39度、シンドくて」
（鼻声だ、でも確かにワカ2の声だ。小さいころからしょっちゅう
熱出してたからなあ）
そして最寄りの病院を教え、壊れて換えたという新しい携帯の番号を
教えられたのが夜の12時だった。

翌日用談中に電話が入り、
「病気は大丈夫だけど、実は困ったことが･･･、ヒトの奥さんと
デキて妊娠させてしまった、夫がカンカンで･･･」
え──っ！こいつがまさか！！！（絶句）
しかし新聞記者って意外に好色みたいだからなぁ～、
ひょっとしたらそれも･･･。
そして「もう示談になったが妻に言えない、ちょっとお金貸してくれ
ない？」ときた。（お金？　このケチ親に？　やっぱりおかしい！）
「今、用談中だからあとで･･･」

確かめようとワカ2の元の携帯、ヨメの携帯と続けて電話したがつな
がらない。あいつ特ダネ追っかけてるからなあ！
もしや危ない橋でも･･･？と不安が膨らむ。
一家監禁されたのでは？　マゴたちは無事か？　用談もうわの空だ。

やっとヨメから電話が入ったので「ワカ２はどうしてる？（人妻のことはヨメには言えぬ）」「いつもどおり出かけましたけど…」

ようやくワカ２からも直接連絡入ったのでコトの仔細を・・・、
それを遮って、
「このクソ忙しいのに人妻はらませるヒマあるかあ！」（怒られた）

やがて犯人から電話。
「お金できそう？」「いったいいくら要るんだ？」「200万」
「150ならなんとか」「場所はあとで連絡…」となり、
そこで110番した。

自分は絶対引っかからないと自信のあったトノも、ワカ２の名前と口調にまんまと乗せられ、怪しさを感じてからも心配がそれを打ち消した。夫婦の会話があればこんなことはなかったろうと、一人の切なさを改めて感じたトノであった。

祝杯の代わりに待っているもの？

練りに練った講演が会心のできで終了！

待っているのは妻の手料理と晩酌、では断じてない！
表裏ひっくりかえったワカ１の靴が暗い玄関で出迎える。
そしてしばらく手を抜いていたシッチャカメッチャカの台所。

明日はその片付け、冷蔵庫の中の整理、家中の掃除と洗濯だ。
はぁーっ！

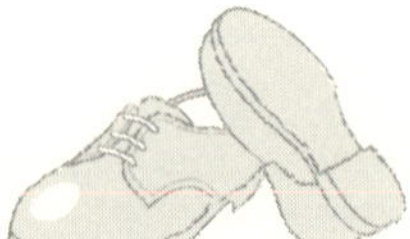

だってもう3年も…

トノは久しぶりに会社のOB仲間の飲み会に参加。

最初からにぎやか。
「お元気そうでよかったわね」の声がかかった。
普段なら「まぁ～ね」だが、ここは最も気を許せる仲間。
「なかなかそうでもないんだ」とつい本音がポロリ。
返ってきた言葉が「えーっ、だってもう３年も経ったんでしょ？」

そっ、そうだよなぁ～、世間はそんなもんだよなぁ～。
おしゃべりトノも、そのあと無口になったのだった。

4。ワカたちからのエール

トノは何度生まれてもオクと一緒になると言っていた。

そんな大事な人を亡くしたのだから傷みはよくわかる。
しかし尽くし足りなかったと悔やむことなんてないと思う。
トノがこれ以上ないくらい頑張って支えたことは、
オクもワカたちもよーくわかっている。

そのオクが何より願っているのはトノの元気な姿だ。
ずっこけピエロでも猪突猛進する姿だ。
トノはオクの願いにはいつも全身全霊で応えてきた。
これからもそうであってほしい。

えーっ！プロポーズはオクから？

お参りにみえたオクの職場仲間の方から飛び出した話。

「プロポーズは編集長（オク）からしたんですってね」
その言葉にワカたちは仰天した。
モテるとはお世辞にも言い難いトノが、どうやってあのオクをモノにしたのか？　二人とも、トノの体当たりの積極さか泣き落としに違いないと思い込んでいたからだ。

しかし、そういえば…
オクは無口で柔和だったというけれど、正直いってオレたちには結構きつかったぞ。トノにだけはミョウに甘かったなあ。

あなたの父親は逃げなかったよ

トノは自分のことには徹底してケチだったけど、家族にはそうではなかった。

名もないメーカーの愛用ショルダーバッグは、金具が擦り切れても針金で繕って使っていたが、それには長い間ワカたちの教科書が詰まっていた。通勤電車の中で読んで、ワカたちに勉強を教えてくれたのだった。
不器用でも一生懸命、そんなところにオクはほれたのだろう。

ワカ2が結婚するとき、オクにこう言われた。
「家庭に問題が起きると妻におしつけて、男は仕事に逃げ込むもの。でもあなたの父親は決して逃げなかったよ」と。

そのときのオク、幸せそうな顔してたなあ！

もう一つ言わせてもらえば

ワカたちが失敗して落ち込んだとき、トノからよく聞かされた言葉。
「せっかく失敗したんだから、それを活かさにゃあ！」

実際に、転んでもタダでは起きないのがトノの生きざまだったし、
ワカたちもそれに励まされた。

今こそワカたちからもトノに言いたい。
「せっかくそんな目にあったんだから、倍返ししなきゃあ！」

そう、それをバネにしてまた元気になり、周りにも元気をもたらす。
トノにはそれができるくらいの馬力が残っていると信じている。

5. その後のトノ、そしてこれから

トノががむしゃらに動き始めてから３年になる。
トノの時計はまだ世間と一致しているわけではないが、
「装いの元気」も日常化してきた。

その間にも何人かの友人知人が、
夫や妻を失って独り身となった。
なかには認知症の老親を抱えたままの人や障害の子を抱えた人も。

これからそれがさらに加速する。
トノにはまだ何かするべきことがあるような気がしてきた。

雨のちいろいろ、そして「心の老い」

独り身の心は独り身にしかわからぬ、仕事は仕事で、これはこれ。
そう気持ちを整理して、トノは同じ境遇の仲間たちとの交流を大事にしている。

伴侶を亡くすと、まず悲嘆・悔悟《かいご》・不条理感に襲われる。
それに孤独感とこれからの不安感が上乗せされ、男には生活の不便も加わる。この仲間に必要なのは「励まし」ではない。
「聞き、聞かれる」支えだ。

そういう仲間も時間とともに道が分かれていく。
生活範囲が狭まって孤独な世界でもがき続ける人がいるかと思えば、
夫の束縛から解放されお金の自由を得て、第三の人生を楽しもうと
気持ちを切り替える女性もいる。
その狭間にさまざまの心の持ち方と生き方が交錯している。

しかし、えてして視界が狭まり、気持ちの弾力性がなくなって協調性に欠けがち…トノ自身の自覚からもそう思うのだ。
独り身になればそんな「心の老い」が早まる！
ココロしなきゃぁ！

『燦々』と『身終い』

トノは一人で有楽町の映画館をハシゴした。
午前中は『燦々』、77歳の女性の婚活を描いている。
吉行和子さんが演じるチャーミングさが評判になっている映画だ。
「年寄りらしくしてくれ！」の家族の注文をよそに、主人公は
「いつまでも輝いて生きたい！」と婚活に勤しむ。

いいなあ、その心意気！　婚活礼賛というわけじゃない。
打ち込む対象が何であれ、老け込まないココロが素敵と思うのだ。
翻って登場する婚活相手の男たち、求めるのが家事と老後の介護、
生々しい女性そのものというのはちょっとさびしい。

午後はフランス映画『母の身終《みじま》い』を観た。
スイスの安楽死制度を扱った映画だ。
知る人ぞ知る、病気の終末に自分で死を選ぶことが認められた制度だ。
最愛の家族と交わす別れの時間、そして最後のクスリを服用。
そのシーンのインパクトが強烈だ。

この制度への賛否や意見は多様だろう。
しかしそれを考えることにふたをしちゃいけないと思うのだ。
トノは帰宅後、そうした制度のネット調べにしばし熱中した。

トノと合気道

トノは毎週２回、決まったルートで合気道の稽古場に通っている。
オクとの思い出が敷き詰められた道だ。
オクが逝って稽古を再開してからはほとんど休んだことはない。
体重も元に戻った。

トノは子どもの稽古相手をするのが好きだ。もっとも体力に満ちた
大人ばかり相手だとチトきつくなったこともあるのだが。

子どもとやるときのトノはやかましい。
「そうそう」、「イッチ、ニィー」とか「よしっ」とか、とにかく
声を出すのだ。しかしそれが結構子どもたちに好かれている。

日ごろの成果を披露する場に演武大会がある。
東京都下の合気道団体が毎年集まってくる。
プログラムのひとつが各団体から１組ずつ演武を行う代表者演武だ。
今年はトノがその役をもらった。
たった２分だが、久しぶりに燃えた２分でもあった。

定例会その1　団塊のモノ好きたち

毎月２回仲間が集まる。
ここは銀座の貸会議室。
トノの会社のミーティング会場になって７年になる。

十数名のメンバーは、それぞれの分野を極めた団塊世代の猛者だ。
非常勤講師たちや飛行機の操縦教官も混ざっているし、二人の大学教授もときどき顔を出す。上下の階層はないがみんなが自分の役割をわきまえ、自宅を仕事場としていつもネットでつながっている。
そして仕事のノウハウも、ヤル気もますますパワーアップしている。

トノは居心地のいい定位置に戻って担務をこなしている。
発刊したビジネス本もニッチな分野ではランキングを獲得し、多少の仕事も呼び込んでいる。
プロジェクトで追いまくられると、なんでこの歳になってまで…とも思うが、ささやかな報酬を手にするとすっかり気をよくしてテンションはアップする。
みんなモノ好きなヤツばかりなのである。

そして、行きがけにクリーニングを出し、帰りに食材を買うトノのパターンも定着した。

定例会その2　元気な団塊オジサンたち

早稲田の貸会議室に毎月１回、団塊オジサンたちが集まる。
出身も経歴も専門分野もバラバラ、NPO やボランティア組織の
活動家もいれば、これから何かしたいと思う者も。

「この指とまれ」方式で計画を立てては実行する。
それがもう９年も途切れることなく続いている。
オクの後釜で加わったトノも３年生になった。

これからのテーマは「70 歳代に向けて」で、どう活動し、
どう生き、そしてどう終わりを迎えるかだ。

生徒全員助かった小学校（震災応援ツアー）

トノはNPOを主催している仲間に誘われて、東日本大震災の応援ツアーに参加した。
立入禁止の福島県の被災地に案内される。津波の跡そのままの景色が自分に起きた悪夢と重なり胸が苦しくなった。

小学校の講堂には学校行事で使われたと思われるCDが落ちていた。
全生徒が助かったこの小学校の話は、のちにそのNPOの手で絵本と紙芝居にされることになる。

帰宅したらメチャメチャだった台所がきれいになっていた。
めずらしくワカ1が片付けたのだった。
トノはたまった洗濯物にとりかかり、いつもの日常に戻った。

しかしなあ、生ごみは袋に入れて外のポリ容器に出せよ！
脱いだ重ね着はバラしてから籠に入れろっ！

働く女性の熱気！

都内の公会堂で開催された女性投稿誌の50周年記念フォーラム。
満席の会場に、トノは先代編集長の家族として招待された。

フォーラムは、女性の社会進出の強力な味方である松井久子監督が監修したドキュメンタリー映画で始まった。
主婦であり働く女性である「普通の女」が刻んできた50年の歴史が歴代編集長へのインタビュービデオを交えて展開されていく。
3代目のオクのところで静止写真とナレーションに変わった。

プログラムはトークセッション「女の今、そしてこれから」と進む。
パネリストの一人の言葉、「女の味方は女、これからは男も味方につけていこう」は、主婦の社会進出に、夫や男性が味方ではなかったことを物語っている。

逝くまでこの仕事にエネルギーを注いできたオクの思いに、トノは少し近づいた気がした。

新しい年へのカウントダウン

『精霊流し』で幕が開いた。
なじんだ曲が東京国際フォーラムのホールに響きわたる。

トノは「さだまさしカウントダウンコンサート」に来ている。
思えば久しぶりの参加になる。オクは今はポケットの中。

いつものさだ節トークが耳に心地よく、心に染み入る。
曰く、「スプーンを曲げる魔法はつまらぬ、カレーが食いにくい。
人を元気な気持ちにさせるのは素敵な魔法だ、幸せを生み出す」
「動いてどうなるかはわからない、けど動かなければ何も変わらない！
苦しくてもまず笑うこと、そして動くこと！」
笑いと、唱和と、拍手の渦の中に身を置くうちに、「さあこれから！」
という気が湧いてくるから不思議だ。

朝帰りしたら、単身赴任中のワカ2からメールが入っていた。
「多忙で帰省できんが家族のために一生懸命ガンバっとる。
トノがそうしてくれたように！」

トイレにかけた新しいまっさんカレンダー*で、こんな言葉を見つけた。

『ちいさな壁をひとつずつ越える、そのうち壁だと思わなくなる。
一度壁を越えると、越えられるという自信ができる。
いつか壁はどんどん高くなる。越えることが楽しくなるよ』

人生まだまだこれから！　そんな気がしてきた。

＊「さだまさし一所懸命日めくり」2015年版（さだまさし著）
発行（株）エニー

あとがき

私が妻（オク）のブログをもとに、夫婦の第二の人生の日常から、妻に先立たれたあと元気になろうとする夫の物語を、ユーモアとペーソスで描こうと思いたったのは妻が逝って間もないころでしたが、着手するまでには3年かかりました。伴侶を失う痛手はそれだけ大きかったのです。

こうした境遇が、今後団塊世代全体に拡がっていきます。余生を楽しむはずの夫婦の第二の人生にも、早晩もれなくそのときが訪れるからです。そうなれば「心の老い」が加速します。孤独化と無縁化が進む高齢化社会で、その老いは巨大なマイナスのエネルギーとなっていきそうです。かつて日本の経済成長を牽引してきた団塊世代が、負の社会資産として積み上がりそうなのです。

これからは、個人個人が幸せを追求すれば社会も幸せになっていくということが通用しなくなるでしょう。今までとは違った価値観が必要になると思います。それは、個人の世界に埋没するのでなく、社会とともに生きるというものです。身近な者どうしが支え合い、自分が今ここに生きて存在しているという実感を、人や社会の中で感じられるような風土ができていくことが望ましいと思うのです。

そういう風土づくりのために、団塊世代が果たせる役割はまだあると思います。長年生きたからこそ優れていることもあります。たとえ些細《ささい》でも、一人ひとりがそれを活かそうという気持ちを持って日々生きれば、大きな運動エネルギーに成長する可能性があると思います。

長い余生を「余りの人生」とするのではなく、心身の機能を失う、その瞬間まで「人生本番」と考えていきたいものです。いいえ終焉の仕方だって、あとに続く者たちを元気づけることになるかもしれません。巨大な団塊世代のエネルギーは、まだまだいろんな可能性を秘めていると思うのです。

私自身まだめげる時間も多いのですが、妻亡きあと、もがきながらも懸命に動いてきた時間を振り返ると、中途半端ながらあれをした、これもできたという感慨を、今は少し持てる気がしています。

人生はまだこれから！

そして「一生懸命生きたぞ、よかったぞ」と終われる瞬間をめざして動き続けていきたいと思っています。

私が敬愛しているさだまさしさんから、この本へのお言葉をいただきましたので、それを帯に掲載させていただきました。心より感謝を申し上げます。

またこの本を出版するにあたりご支援くださった皆さま、本当にありがとうございました。

2015年6月

赤井 奉久

オク&トノ凸凹夫婦《でこぼこふうふ》の物語《ものがたり》

稲《いね》と太陽《たいよう》と一生懸命《いっしょうけんめい》！

NDC 914

2015年6月29日　発　行

著　者　赤井《あかい》久美子《くみこ》　赤井《あかい》奉久《よしひさ》

発行者　小川雄一

発行所　株式会社 誠文堂新光社

〒113-0033　東京都文京区本郷 3-3-11
（編集）電話 03-5800-5779
（販売）電話 03-5800-5780
http：//www.seibundo-shinkosha.net/

印刷所　星野精版印刷株式会社

製本所　和光堂株式会社

ISBN978-4-416-91502-8